作家榜®经典名著

读经典名著，认准作家榜

SELECTED STORIES OF O.HENRY 经典长篇小说

欧·亨利
卷心菜与国王

[美] 欧·亨利 著
黎幺 译

本书据 Garden City Publishing Company, Inc.
1911 年版 *The Complete Works of O. Henry* 翻译

只需付一个雷亚尔,就会有个男孩儿带你去参观他的坟墓。

医生有一个关于穿孔手术的故事，从没有人肯听他讲完。

"他们住下了,"古德温自言自语,"那么,他们登船出海的事情还没有安排好。"

"先生们,我以革命的名义,要求你们逮捕这个人。"

"疯子!——疯子!——疯子!"

如今,还有一项新的荣誉等着他。

"牛肉没来这儿等你,我的海军上将,不是屠夫的错。"

"加勒比人吗?他们是人畜无害的。"

"不可能创造需求,但你可以创造产生需求的必要条件。"

"告诉我,你是从文明世界之外的哪块地方来的?"

"叛乱和阴谋像水果一样丰产。"

卷心菜与国王

序言   001

Chapter 1
"早晨的狐狸"   008

Chapter 2
忘忧果与酒瓶   020

Chapter 3
史密斯   034

Chapter 4
抓捕   048

Chapter 5
第二个被丘比特流放的人   063

Chapter 6
留声机与活计   071

Chapter 7
钱之谜   089

Chapter 8
海军上将   102

Chapter 9
旗帜至高无上   113

Chapter 10
三叶草和棕榈树   127

Chapter 11
礼法的残余   149

Chapter 12
鞋子   161

Chapter 13
船   174

Chapter 14
艺术大师   185

Chapter 15
迪基   205

Chapter 16
红与黑   221

Chapter 17
两点补遗   234

Chapter 18
全景回放   246

译后记
"在他的故事里看到了自己"   259

欧·亨利年表   270

"是时候了,"海象说,
"许多事情都得谈,
鞋子、航船和火漆,
还有卷心菜与国王。"

——《海象与木匠》[1]

---

[1] 节选自《海象与木匠》,这首诗出自英国作家刘易斯·卡罗尔的经典童话《爱丽丝漫游奇境》。

序言

木匠[1]

在安楚里亚,那个风云莫测的共和国,人们会对你说起米拉弗洛雷斯总统。说起他如何在柯拉里奥的海滨小镇了断自己;如何从迫在眉睫的革命风暴中逃离,驾临如斯偏远之地;说起他用一只美国产的皮革旅行箱带走的十万美元公款,以之为自己被颠覆的政权做纪念。从那时起,这笔钱就永远失去了下落。

只需付一个雷亚尔,就会有个男孩儿带你去参观他的坟墓。它坐落于小镇后方,附近有一座跨越红树沼泽的小桥。坟头竖着一块简陋的木板。有人用烙铁在上面烙下这样几句铭文:

---

[1] 欧·亨利以幽默的手法假托"木匠"之名,写下了这篇序言。

拉蒙·安格尔·德·拉斯·克鲁泽斯·米拉弗洛雷斯
安楚里亚共和国前总统
让上帝审判他吧

此地这些乐天的人民有一个特点：绝不追究已经入土的人。"让上帝审判他吧"，即使对那失踪的十万美元垂涎三尺，他们的追逐也只能到此为止。

柯拉里奥人会将他们那位前任总统的悲惨结局说给陌生人或者游客听。说起他如何历经艰险，带着那笔公款和那位名叫堂娜[1]伊莎贝尔·吉尔伯特的美国歌剧演员，想逃离这个国家；如何在被柯拉里奥的反对势力堵住的时候，宁可一枪打穿自己的脑袋，也不愿放弃那笔钱，更不愿出卖那位吉尔伯特小姐。他们还会讲到堂娜伊莎贝尔，说起她的冒险生涯如何连同她显赫的情人，以及那丢失的十万美元一起搁浅在这片无风的海岸，无奈地等候下一次涨潮。

在柯拉里奥，人们会告诉你，她终于在本镇的一个名叫弗兰克·古德温的美国侨民身上找到了一股迅猛的潮水。古德温是个投资人，靠着开发当地特产发了家，所以，这是一位香蕉大王，一位橡胶王子，一位撒尔沙、靛蓝和桃花心木男爵。你会听说，在总统死后一个月，吉尔伯特小姐就和古

---

[1] 堂娜，是西班牙语中对女性的尊称。

德温先生结了婚,可以说,正当命运敛起笑容,收回曾赠予她的礼物之时,她却从它手里夺来了一件更大的奖赏。

对于那个美国人堂[1]弗兰克·古德温和他的妻子,土著们总是赞不绝口。堂弗兰克在他们中间生活多年,强行取得了他们的敬意。在这片冷清的海岸所能提供的社交场所中,他的太太轻而易举地成为了皇后。地方长官的妻子出身于卡斯蒂利亚的望族[2],当她在古德温太太的餐桌前,用戴着钻戒的橄榄肤色的手解开餐巾的时候,也会觉得很是荣幸。

如果你(以北方人的偏见)提及古德温太太不羁的过往,尤其是她怎样以在轻歌剧中大胆火热的表演俘获了那位身为情场老手的总统,以及她对这个政治家的堕落和崩溃负有怎样的责任,你所能得到的全部响应或驳斥,不过就是富有拉丁特色地耸耸肩膀。无论柯拉里奥人在过去曾对古德温太太抱持怎样的看法,如今他们都相当爱戴她。

这故事似乎在开始之前就结束了;悲剧的落幕和传奇的高潮已经把引人入胜的部分和盘托出;但是,更具好奇心的读者大可以通过一些蛛丝马迹,找出隐藏在表象网络之下的微妙线索。

---

1 堂,是西班牙语中对男性的尊称。
2 原文意为"地方长官的妻子出身于卡斯蒂利亚人蒙泰利昂·多洛罗莎·德洛斯·桑托斯·门德斯的家族",此处旨在强调这位夫人出身于古老尊贵的家族。

那块烙上米拉弗洛雷斯总统名字的木板，每天都被人用皂皮和沙子精心擦洗。一个年老的印第安混血儿照料着这座坟墓，称得上忠于职守，只是因为遗传的懒散，老在细枝末节上耽误功夫。他用弯刀砍掉四季常生的野草闲花，用满是茧子的手指摘掉木板上的蚂蚁、蝎子和甲虫，还从广场喷泉采水，洒在坟头的草皮上。任何地方都没有如此被妥善照管、如此井井有条的坟墓。

只有循着隐藏的故事线索才能弄明白，为何一个在其生前死后都从未见过米拉弗洛雷斯总统的人，会支付一笔秘密的酬劳，让这个名叫加尔维斯的老印第安人给那位不幸的政治家的坟墓做清洁绿化；为何那人要在黄昏时分出来散步，隔着一段距离，带着温和的哀伤，凝望着那个名誉扫地的土堆。

要了解伊莎贝尔·吉尔伯特放纵的经历，在其他地方比在柯拉里奥更容易些。新奥尔良给了她生命，也给了她兼有法国和西班牙特色的天性，这给她的生活注入了热情和骚动的色彩。她没受过什么教育，但对于男人和他们的行为模式似乎有一种出自直觉的知识。她天生就有远非一般女人所能相比的勇敢和鲁莽，凭着对冒险的热爱，在危机的边缘游弋，热衷于寻欢作乐。任何约束都会使她的灵魂激烈挣扎，她是坠落人间但还未遭过罪的夏娃。她把生命当作一朵玫瑰花，佩戴在胸前。

在拜倒于她脚下的男性大军之中，只有一人有幸占据她的芳心。她把钥匙交给了米拉弗洛雷斯——安楚里亚杰出但脆弱的统治者，准许他打开她的心房。那么，我们怎样解释（正如柯拉里奥人会告诉你的那样）她竟成了弗兰克·古德温的妻子，还愉快地过起了一种安稳而沉闷的生活呢？

隐藏的故事线索伸得很远，远得穿过了海洋。一直沿着它追溯下去，就会弄清楚为什么哥伦比亚侦探事务所的"矮子"奥戴伊会丢了工作。而且还会知道，作为一项轻松的消遣，跟莫墨斯[1]一起，在墨尔波墨涅[2]曾修过苦行的热带群星间逡巡，将是一种责任，也是一件美差。在繁盛的莽丛中和险峻的峭壁间，过去有被海盗献祭的人在哭喊，如今传出阵阵笑声的回音。把长矛和弯刀搁下，改用妙语和欢宴发起攻击，逗得传奇生锈的头盔底下也发出几声快活的窃笑——在像微笑的嘴角一样弯曲的海岸上，在柠檬树的荫凉里，做这些事是很愉快的。

还有西班牙美洲殖民地的传说。暴躁的加勒比海冲刷着这片大陆的这块区域，依着傲岸的科迪勒拉山脉，在高处形成了一片俯临大海的令人望而生畏的热带丛林，那里仍然被谜语和传奇所包围。从前，海盗和革命者在悬崖峭壁间激起

---

[1] 莫墨斯，希腊神话中的嘲弄之神。
[2] 墨尔波墨涅，希腊神话中的悲剧女神。

阵阵回响，而秃鹫永远在高空盘旋，在葱郁的树林里，人们用火绳枪和托莱多匕首把彼此做成了这些大鸟的口粮。这片绵延三百英里的海岸，历史悠久，充满冒险色彩，数百年来被海盗、倒台的统治者和突然揭竿而起的叛军轮番占领，几乎从不知道该承认谁是它的主人。皮萨罗[1]、巴尔沃亚[2]、弗朗西斯·德雷克爵士[3]，还有玻利瓦尔[4]都竭尽所能，想将它变成基督教王国的一部分。约翰·摩根爵士、拉菲特[5]，以及其他声名远扬的亡命之徒，都曾以魔鬼的名义轰击和征伐过这片地区。

游戏还在继续。海盗的枪炮已经沉默，但锡版摄影师、洗照片的匪徒、挎着相机的观光客，还有道貌岸然的传教士大军派出的探子又发现了这里，掀起了新一轮的掠夺。来自德国、法国和西西里的小贩把当地的钱币一袋一袋地丢进柜台里。体面的冒险家带着修建铁路和特许租借的建议书，挤在地方官的会客室里。那些惹人发笑的弹丸小国玩弄权术和诡计，直到某一天，一艘巨大的军舰无声地出现在海面上，警告他们切莫弄坏了自己的玩具。随着这些变化接踵而来的，

---

[1] 皮萨罗（1475—1541），西班牙探险家，秘鲁的征服者。
[2] 巴尔沃亚（1475—1519），西班牙探险家，是第一个穿越美洲，抵达太平洋东部的欧洲人。
[3] 弗朗西斯·德雷克（1540—1596），英国航海家、政治家、海盗。
[4] 玻利瓦尔（1783—1830），拉丁美洲民族独立战争的先驱。
[5] 摩根和拉菲特都是著名的海盗头子。

还有一些小冒险家——带着亟需填满的空口袋、运转不息的大脑和轻若无物的心。他们是现代童话中的王子，带着比多情一吻更有效率的闹钟，来叫醒沉睡了几个世纪的美丽热带。他们总是佩戴着一枝三叶草，与繁茂的棕榈树形成对照，更将他们衬托得卓尔不群；他们哄走了墨尔波墨涅，让喜剧之神在南方十字星座的脚灯下跳舞。

如此一来，这个故事就有很多事可说了。或许，它对海象那种习惯了混乱的耳朵更为有效；因为，它里面确实包含了鞋子、船舶、火漆、卷心菜棕榈[1]和推翻了国王的总统们。

此外，还有少量涉及爱情的内容，以及一些无关紧要的副线，还有散布于这座迷宫中每一处的热带金钱的印记——钱不再是被灼热的太阳烤暖的，而是被投机分子的手心捂暖的——说到底，这里揭示的似乎就是生活的本来面目，说出来会让最爱唠叨的海象也感到厌烦。

---

[1] 卷心菜棕榈，南美洲及西印度群岛等地的一种棕榈，叶苞可当卷心菜吃，又叫卷心菜树。

Chapter 1　"早晨的狐狸"

柯拉里奥斜倚在正午的炎热中，如同意兴阑珊的美人懒洋洋地躺在被严密看管的后宫中。这个小镇坐落于大海边缘的一条冲击海岸，像是镶嵌在绿玉饰带上的一颗小小的珍珠。绵延不绝的科迪勒拉山脉被大海追逼，躲在柯拉里奥的背后，看上去已经摇摇欲坠。在前方铺展开来的海面，是个满脸堆笑的狱卒，甚至比严酷的群山更不近人情。潮水拍打平缓的沙滩；鹦鹉在橘树林和木棉树丛里尖叫；棕榈树傻模傻样地挥舞着柔软的叶子，像是在等待女主角的招呼，随时准备进场的蹩脚合唱队。

突然间，小镇变得热火朝天。一个土著男孩顺着满是野草的街道跑来，嚷嚷着："快找古德温先生，有一封给他的电报！"[1]"

这句话迅速传开了。对柯拉里奥的任何人来说，收到电报都是稀奇事。起码有十来个好事之徒忙不迭地跑去传话。和海滩平行的大街上霎时人流攒动，人们都想搭把手，将电报早点递到。女人在街角成团成伙地聚在一起，从最浅的橄榄色到最深的棕褐色，什么肤色的都有，全都哀怨地吟唱着："*有古德温先生的电报！*"一向效忠于执政党，并且怀疑古德温拥护在野党的部队指挥官堂恩加纳西昂·里奥斯上校先生嘴里嘘了一声，说道："啊哈！"在他的秘密记事本上写下了这大可追究一番的事实：古德温先生在这个重要的日子收到了一封电报。

在这场喧嚣的中心有一座小木屋，里面有一个男人刚刚走到门口，正向外张望。在那道门的上方，有一块招牌，写着"凯奥和克兰西"——对于这片热带土壤而言，这个名称稍嫌不够本土化。门内的男人名叫比利·凯奥，是财富与进步派出的爪牙，是在西班牙美洲殖民地漫游的一个现代流浪者。如今的新式武器是锡版照相和相片冲洗，被"凯奥和克兰西"拿来侵略这片无可救药的海港。在这间店铺的外边挂着两个大镜框，满满当当地陈列着显示技艺的样品。凯奥靠在门口，在他那张粗鲁又幽默的脸上，现出一副饶有兴味的表情，对

---

1 编者注：文中西班牙语均以此字体标示。

于这种不同寻常的拥嚷场面有些费解。在弄清楚骚动的原因之后，他把一只手举到嘴边，喊道："喂，弗兰克！"这一声实在太响亮了，土著们微弱的噪声立刻被压过并且冲散了。

五十码以外，在街道靠海的那一边，矗立着美国领事的府邸。听到这声呼叫，古德温慌慌张张地从这栋房子里走出来。他正和领事威拉德·格迪一起在领事馆的后门廊抽烟，那里被公认为柯拉里奥最凉爽的地方。

"快啊，"凯奥喊道，"因为你的一封电报，镇上乱成了一锅粥。你得留心点儿，哥们！可别用这种方式刺激公众的神经。要是哪天，你再收到一封带有紫罗兰香气的情书，整个国家岂不是都得被一场革命狂潮给吞没了。"

古德温好整以暇地走上街道，与送电报的男孩碰了头。大眼睛的女人们盯着他看，目光中满是羞涩和激赏，她们为他的风度而着迷。他身材高大，一头金发，穿着一身白色亚麻布衣服和一双鹿皮鞋子，显得神采飞扬。他的态度不卑不亢，还在富有同情心的眼睛的调和下，有了一种仁慈又凶狠的神气。电报递到之后，送信人被一点儿小费打发走了，围观的人们如释重负，又回到附近的树荫底下，原先是好奇心将他们从那里给吸引出来的。女人们或是回到橘子树底下用泥灶烤东西，或是继续没完没了地梳她们又长又直的头发；男人们回到小酒店里抽烟闲聊。

古德温坐在凯奥的门槛上读电报。是鲍勃·恩格尔哈特发来的，这是个美国人，住在安楚里亚首都——离海八十英里的圣马提奥。恩格尔哈特是一个淘金者，是一个热情的革命家和"一个好人"。从他发出的这封电报来看，他还是个有智谋、有想象力的人。他接下了一项任务：递送一条机密消息给他在柯拉里奥的朋友。用英语或是西班牙语都不能达成目的，因为安楚里亚的政治密探非常活跃。执政党和在野党始终保持戒备。然而，恩格尔哈特很擅长外交手段。只有一种密码，能让他用以安全地兑现诺言：伟大而强力的俚语系统。于是，就有了这么一封无法破译的电报，滑过好奇的官员们的指尖，来到了古德温的眼前：

  大佬昨儿个跑路了，走的是长耳野兔的路线，带走了小猫里的所有硬币，还有他最中意的那匹棉布。只剩十根毛可拔啦。咱们的伙计挺有型，不过咱们还要多弄几个子儿。你给它套牢了。出头鸟和干货进了咸水。你知道该怎么做。

鲍勃

  这番啰嗦自然很是特别，对古德温却没有任何神秘之处。在入侵安楚里亚的美国投机分子的先头部队中，他是最成功的。如果不能熟练地运用推理和演绎的技术，是爬不到让别人仰望的山头的。他把政治阴谋当作生意事务来处理。他精明得足以与第一流的阴谋家周旋；发达得足以赢得小官员们的崇拜。这种地方总会有一个革命党，而他总会与革命党结盟，因为新的政权一旦建立，就会对拥护者们论功行赏。这会儿，正有一个自由党派企图推翻米拉弗洛雷斯总统。如果真的改天换地，古德温将得到授权，在内陆地区租借三万曼札纳[1]最好的咖啡种植地。在米拉弗洛雷斯总统近期的政治生涯中，发生了某些特定事件，让古德温的心中犯起了嘀咕，他疑心让政府近乎分崩离析的主因不是革命，而是其他事情，如今恩格尔哈特的电报证实了他的明智。

这封电报让安楚里亚的语言学家们一头雾水，他们想用西班牙语和初级英语的知识解释它，结果只是徒劳。但古德温却能从中读出一条激动人心的消息。它向他通报，共和国的总统从首都逃走了，还卷跑了国库的存款。另外，与他结伴同行的是那位迷人的女冒险家、歌剧演员伊莎贝尔·吉尔伯特——上个月一整月，总统都在圣马提奥招待她的剧团成员，排场比起通常接待皇室访问时也不遑多让。至于"长耳野兔"，所指的只可能是在柯拉里奥和首都之间盛行的"骡背交通"。"只剩十根毛可拔"则暗示了国库惨被掏空的现况。可想而知，即将当权的政党——现在，它可以用和平手段夺

---

[1] 曼札纳，南美洲的一种土地面积单位，1曼札纳的面积大约在1英亩到2英亩之间。

权了——确实也"需要多弄几个子儿"。除非能够一五一十地履行诺言,让得胜一方的有功之臣捞足好处,否则新政府的地位确实是岌岌可危。因此,"给它套牢了"极有必要,而且还得尽可能把持政治和军事资源。

古德温把纸条递给凯奥。

"读读这个,比利,"他说,"鲍勃·恩格尔哈特发来的。你破得了这种密码吗?"

凯奥坐在门口的另外一边,仔细研读起电报来。

"这可不是什么密码,"他最后说,"这是大伙儿所说的文学,但这类文学从未经由作家的想象力而被广泛传播,目前存在于人们的口头语言系统中。杂志发明了这种语言,但我从没听说诺文·格林总统此前曾签署文书,批准它被使用。现在它只是语言,不是文学了。字典尝试收录它,但只能列为方言,没能推动它进入实际应用。当然了,现在西联通讯认可了它,大概不用多久就会兴起一个讲这种语言的种族。"

"你这通议论太学究了,比利,"古德温说,"你搞清楚它的意思了吗?"

"当然啦,"这位爱财的哲学家说,"对一个必须懂得所有语言的人而言,所有语言都不难懂。甚至在被一把后膛枪指着脊梁的时候,我都没有弄错人家用中国文言文叫我走人的命令。我手里这篇短小的文学随笔,意味着一场'早晨的狐狸'游戏。弗兰克,你小时候玩过没有?"

"我想我玩过,"古德温笑着说,"围成一圈牵起手,然后……"

"不对,"凯奥打断了他,"你把一个很好的运动游戏跟'环绕玫瑰丛'搞混了。'早晨的狐狸'的游戏精髓正是排斥手牵手。我来告诉你怎么玩吧。这位总统先生和他的同伴一起玩,他们站在圣马提奥,准备起跑,嘴里喊着:'早晨的狐狸!'我和你,咱们站在这里说:'雌鹅和雄鹅!'他们说:'到伦敦还有几英里?'咱们说:'没多远啦,只要你的腿足够长。出来了多少?'他们说:'你可逮不到这么多。'游戏这就算开始了。"

"我知道这意思了,"古德温说,"可不能让雌鹅和雄鹅从咱们的指缝里溜走了,比利,它们的羽毛太值钱了。咱们的人准备就绪了,随时可以接管政府,跟穿鞋子一样简单。但如果任由国库空虚,咱们掌握权力的时间也就只能像一个新手待在野马背上的时间一样久。咱们这些做狐狸的,必须牢牢守住这边海岸,防止他们逃出这个国家。"

"按骡背上的日程,"凯奥说,"从圣马提奥过来要花五天时间。我们有充足的时间布防。他们想要驶离这片海岸,只有三个出海口可选——这里、索利塔斯、阿拉赞。只要守住这三个点,他们就无计可施。这简单得就像解棋——狐狸先手,三步以后就将军了。哦,雌鹅,雌鹅,雄鹅,你们在哪下锅?多亏了这封文学化的电报,这个愚昧的国家还能剩下点油水,给这个企图颠覆政府的忠实党派一点奔头。"

当前的局势被凯奥以三言两语恰切地勾勒出来。从首都出来的路线一向都非常难走。那是一段颠簸的旅程，忽冷忽热，忽雨忽晴。道路爬上了可怕的山巅，路面伤痕累累，如同一条腐烂的绳子，在令人窒息的悬崖峭壁间曲折盘绕，有时突然一跃，钻进冰冷刺骨的雪水化成的溪流，有时则像蛇一样蜿蜒穿过满是毒虫猛兽的、不见天日的幽林。在终于降到山脚下之后，路径分成了三条，中间那条通往阿拉赞。另外两条分别通往柯拉里奥和索利塔斯。五英里宽的冲积海岸铺展在大海与山脚之间，这里是一片热带植物疯狂生长的繁茂地带。莽丛中的空隙也被人们东一下西一下地用香蕉、甘蔗和橘树林给填满了。余下的地方被无度蔓延的野生植物覆盖，成了猴、貘、豹、鳄鱼、巨蜥和虫豸的家园。没有道路的区域被纠结的藤蔓和爬行动物完全占领，连树蟒也无法通行。除非拥有翅膀，否则，鲜少有活物能穿越危机四伏的红树沼泽。因此，逃亡者要想到达那片海岸，必得经由上述的三条路线之一。

"这事可别声张，比利，"古德温警告说，"可别让执政党知道总统已经出逃。我猜，鲍勃的消息目前在首都还没有传开。不然的话，他也用不着把这封电报搞得如此机密。不过话说回来，这样的大新闻很快就会人尽皆知。我现在就去找萨瓦拉大夫，派一个人去路上切断电报线。"

在古德温站起来的时候,凯奥把帽子扔在门前的草地上,深深地叹了一口气。

"有什么问题吗,比利?"古德温停下来问道,"这还是我头一回听到你叹气呢。"

"也是最后一回,"凯奥说,"随着这悲伤的一叹,我要将自己投进一种虽有损诚实,却值得称许的人生中去。与'雌鹅'和'雄鹅'那个伟大而快活的阶层所获得的机遇相比,锡版照相算什么玩意?并不是说我想当总统,弗兰克——他'拔的毛'太多了,我根本够也够不着——但某种程度上,我的良心伤害了我,它让我沉迷于拍摄这个国家,而不是窃取这个国家。弗兰克,你见过总统阁下裹起来扛走的'那匹棉布'吗?"

"伊莎贝尔·吉尔伯特?"古德温笑着说,"没,我没见过。不过,我听说过她的事,根据那些人的说法,我想,她是个只有目的、没有立场的人。别多愁善感了,比利。有时候,我真怀疑你祖上是不是有点爱尔兰血统。"

"我也没见过她,"凯奥继续说着,"但人家说,和她一比,所有神话、雕像和小说所塑造的美女都失去了魅力,成了彩色石版画;他们还说,只要她朝某个男人看上一眼,他就会变成猴子,爬到树上为她摘椰子。想想吧,那位总统先生一只手攥着天知道多少个十万美元,另一只手搂着这么一个叫人神魂颠倒的女人,骑着一头合意的骡子,沐浴在鸟语花香之中！而我比利·凯奥呢，因为正直，因为想踏实地生活，只得靠着这种无利可图的骗术，把那些半人半猴的面孔印在锡版上面！老天真是不公平！"

"打起精神来，"古德温说，"你是一只嫉妒雄鹅的可怜狐狸。没准当咱们搞垮了她那位尊贵的靠山之后，她会瞧得起你和你的锡版照相。"

"也可能正相反，"凯奥说，"她不会的。像她这样的人，应该给摆在众神的行列里，而不是挂在锡版照相的画廊里。她本是个不安分的女人，那位总统先生真是好运。不过，我听到克兰西在后屋抱怨了，他可不愿一个人干完所有的活儿。"凯奥赶忙朝"画廊"后面跑去，在全然忘我的情况下，快活得吹起了口哨，这说明他刚刚的那声叹息并不是为了那位逃亡总统的好运气。

古德温从大街拐进了一条与其直角相交但狭窄得多的小路。

这些小路都被茂密的青草覆盖，为了保证它们能够通行，警察的弯刀常被用来除草。石子人行道比屋檐宽不了多少，沿着简陋的、千篇一律的黏土房屋的地基向前伸展。一到村郊野外，这些小路就缩得看不见了；这里有加勒比人以及比他们更穷的土著们的用棕榈叶做屋顶的茅屋，还有牙买加和西印度群岛的黑人住的破房子。有少数几栋比较高的建筑——监狱的钟楼，在那些平房的红瓦屋顶中鹤立鸡群。还有接待外国人的宾馆，维苏威水果公司代理商的住宅，伯纳德·布兰尼甘的商铺兼住宅，一座哥伦布曾经踏足而今却已荒弃的教堂，以及在所有建筑物中最为壮观的卡萨莫雷纳酒店——安楚里亚总统用以消夏的"白宫"。在傍着海滩的主街上——这是柯拉里奥的百老汇大道——有一些大商店、国营酒坊、邮局、军营、酒馆和市场。

古德温从伯纳德·布兰尼甘的房门前经过。这是一栋现代风格的木造建筑，共有两层。底层是布兰尼甘的商店，二楼用于生活起居。一道宽敞的凉廊围着房屋，把外墙遮住了一半。一个俊俏活泼的姑娘穿着洁白的、迎风飘拂的衣裳，倚着栏杆，朝下方的古德温微笑。她的皮肤不像许多安达卢西亚的贵胄那样黑，而是像热带的月亮一样微微泛红，闪闪发光。

"晚上好，葆拉小姐。"古德温摘下帽子说道，脸上露出得体的笑容。无论跟男人或是女人打招呼，他的态度都区别不大。在柯拉里奥，每个人都乐意接受这个美国大人物的问候。

"有什么新闻吗，古德温先生？请别说没有。天儿真热，不是吗？我觉得自己就像玛利安娜[1]，待在被壕沟包围的庄园

---

[1] 玛利安娜，莎士比亚喜剧《一报还一报》中的人物，与代理公爵安哲鲁结婚，后遭其背叛、冷落，住在"被壕沟包围的庄园里"。

里——或者，其实是待在蒸笼里？——真够热的。"

"我这儿可没有什么值得一提的新闻，"古德温说，眼中现出了顽皮的神气，"除了老格迪，他的脾气一天比一天坏啦。如果再不来点新鲜事给他放松放松，我就没法到他的后门廊去抽烟了——可是像那么凉快的地方真找不到第二个了。"

"他的脾气才不坏，"葆拉·布兰尼甘冲口而出，"当他——"

她突然住嘴，脸变得通红，把头缩了回去；因为她的母亲是个混血儿，将西班牙血统和与之伴生的害羞的特质传给了葆拉，作为一种点缀，装饰着另外一半冲动的天性。

Chapter 2 忘忧果与酒瓶

美国驻柯拉里奥的领事威拉德·格迪正慢条斯理地做他的年度报告。每天都要上这条叫人艳羡的走廊来抽烟的古德温溜达进来了，见他如此专注于公事，又离开了，走之前严厉谴责了领事对客人的怠慢。

"我要投诉民事服务部门，"古德温说，"这真是个部门吗？——也许只是一套空话吧。我从你这里可没得到什么服务。你不和我说话，连点喝的也不拿给我。你就用这种态度来代表你的政府吗？"

古德温又溜了出去，想到街对面的旅馆看看能否把检疫医生拖到柯拉里奥唯一一张台球桌去打台球。阻截从首都来的逃亡者的计划已经安排就绪，现在，游戏已经准备好，只待他入场。

领事对他的报告很有兴趣。他才二十四岁，待在柯拉里奥的时间还不够久,还怀着一片未曾被热带的暑气冷却的热忱——这句话看似是一个悖论,但在南北回归线之间,是可以理解的。

成千上万串香蕉,成千上万颗橘子和椰子,那么多盎司的金砂,那么多磅的橡胶、咖啡、靛青和撒尔沙——实际上,出口量比去年增加了百分之二十。

一阵心满意足的颤抖漫过领事的身体。他想,在读过他的报告之后,国务院或许会注意到——于是,他往椅背上一靠,笑了起来。他就快变得跟其他人一样糟了。这会儿,他忘记了柯拉里奥只不过是坐落在二等海沿岸的一个无足轻重的共和国里的一个无足轻重的小镇。他想起了检疫医生格雷格,此人订阅了伦敦的《柳叶刀》杂志,一心盼着能发现自己写给国内卫生部的关于黄热病胚芽的报告被上面的文章引用。领事知道,他在美国的那些旧相识,五十个人里恐怕也找不出一个听说过柯拉里奥这个地方的人。他还知道,至少有两个人会看到他的报告——国务院的某个基层职员,以及负责公文打印的排字工人。或许,那工人会注意到柯拉里奥的贸易增长,在酒桌上跟朋友顺口提起。

他刚刚写道:"最令人难以理解的是,为何美国的大出口商竟默许法国和德国的商家几乎控制了这个富裕丰产的国家的全部贸易。"——此时他听到了一艘轮船的汽笛讯号。

格迪搁下钢笔,找到他的巴拿马草帽和遮阳伞。听到汽笛声，他便知道是"瓦尔哈拉号"——一艘维苏威公司用来运水果的货轮。在柯拉里奥，从五岁的孩子开始，人人都能在听过汽笛的讯号声之后，报出靠岸船只的名字。

领事在一条迂回的林荫道上漫步，朝着海滩走去。由于长期以这种方式行走，他可以精确估算时间，所以当他到达沙岸的时候，海关人员乘坐的小船正好从货轮那里划回来，按照安楚里亚的法律，他们已经上船检查过了。

柯拉里奥没有港口。像"瓦尔哈拉号"这样吃水较深的船，只能在离岸一英里的地方下锚。如果船上装载的是水果，只能用驳船和单桅货船来转运。索利塔斯有一个像样的港口，可以见到各式各样的船只，但在柯拉里奥这片海域的锚地，除了运水果的船，几乎没有其他船只停泊。偶尔有一条远道而来的沿岸贸易船，一条由西班牙来的神秘的双桅帆船，或是一条冒失的法国三桅帆船，在海面上停留几天，看似人畜无害。这种时候，海关人员会加倍小心，严阵以待。到了夜里，就会有一两条形迹可疑的单桅船沿着海岸来回行驶；天一亮，就有人发现柯拉里奥的三星轩尼诗酒、葡萄酒和纺织品的库存量大为增长。还有人说，在海关人员的红条纹裤子口袋里，叮当响的银币也变多了，然而账簿上的进口税却没见有增加。

海关的小船和"瓦尔哈拉号"的筏子同时靠了岸。在它们停驻的浅滩和干沙之间还有五码宽翻滚的海浪。这时，几个半裸的加勒比人砸进水中，去将"瓦尔哈拉号"的事务长和穿着棉布汗衫、蓝底红条纹裤子,戴着宽檐草帽的当地官员背了回来。

格迪在大学时代是个顶尖的一垒棒球手。只见他把阳伞收好,笔直地插进沙子里,弯下腰,双手扶着膝盖。这艘轮船常带报纸给领事,此时,事务长模仿投手的姿势扭着身子,把用绳子扎好的重重一卷报纸抛给了他。格迪高高跃起,啪的一声接住了报纸。在海滩闲逛的人——约占全镇人口的三分之一——便一同欢呼喝彩。每个星期,他们都对投报纸和接报纸的表演翘首以盼,而且从未失望过。创新思维在柯拉里奥并不时兴。

领事重又撑开伞,回领事馆去了。

这位大国代表的家是一栋有两个房间的木造建筑,三面都被一条用木棍、竹竿和尼帕棕榈树,按土著的办法建成的长廊围了起来。其中一个房间是官署,陈设简单实用,只有一张办公桌、一张吊床和三把并不舒适的藤椅。墙上挂着被他代表的国家的第一任总统和现任总统的雕版画像。另一个房间是领事的起居室。

十一点钟,他从海滩回到了领事馆,已是早饭时间。给他做饭的加勒比女人昌卡正把餐点端到面海的走廊上——谁都知道这里是柯拉里奥最凉爽的地方。早餐有鱼翅汤、炖陆蟹、面包果、煮鬣蜥肉排、鳄梨、现摘的菠萝、红葡萄酒和咖啡。

格迪坐下来，大模大样地、懒懒散散地展开他那捆报纸。在柯拉里奥，他会花上两天，甚至更多时间阅览大量的外间要闻，正像我们这些外间的人阅览那些异想天开的描述火星人的伪科学论文一样。等他读完之后，这些报纸就会在镇上说英语的居民中间轮流传阅。

他顺手拿起的第一张报纸是那种可以充当厚床垫的印刷品，某些纽约报刊的读者在读过它们的催眠文章之后，就会用它们享受一场安息日的小睡。领事把报纸打开，放在桌上，再用一张椅子的靠背撑住它，然后就开始不慌不忙地享用他的早餐，时不时地翻一翻报纸，悠闲地瞥一眼上面的内容。

不久，他被一幅照片上的某样他熟悉的东西给吸引了——这张摄影作品占了半个版面，印得很糟，拍的是一艘轮船。他兴致不高地凑近细瞧，想看清紧挨着照片的那条贵气十足的标题。

是啊，他没看错。是八百吨游轮"伊达利亚号"，属于"亲善之王、金融巨头、社交红人、完美主义者 J. 沃德·托利弗"。

格迪慢慢地呷着他的黑咖啡，读着这一栏的文字。下面列举了托利弗先生名下的房产和证券的清单，描述了游轮上的设施，最后才呈上一丁点没比芥菜籽大的新闻：托利弗先生，连同一帮佳客，将于次日开始，在中南美洲沿海至巴哈马群岛之间进行为期六周的巡航旅行。这些贵宾中有来自诺福克的坎伯兰·佩恩太太和伊达·佩恩小姐。

这位记者为了迎合他的读者，以愚蠢的揣度为基础，捏造了一出颇合他们胃口的罗曼史。他有意把佩恩小姐和托利弗先生的名字摆在一起，直到几乎让人觉得他们之间正举行一场结婚典礼。他欲说还休地、恬不知耻地用一串"据传""坊间传闻""消息人士透露"和"可想而知"编了个故事，并以一段贺辞作为结尾。

格迪吃过早餐，拿起报纸来到走廊边，坐进他最喜欢的帆布椅，把脚搭在竹栏杆上。他点着一根雪茄，向大海望去。由于发现自己并未被读到的新闻所困扰，他感到有些得意。他告诉自己，他已经战胜了那阵促使他自愿流放到这遥远的清净地来的苦厄。当然了，他永远不能忘记伊达；但如今，想起她的时候，他已经不再痛苦了。当时他们产生了误会、发生了争吵，他出于冲动才谋得了这个领事的职务，只求将自己剥离她的世界，以此作为对她的报复。就这一初衷而言，他完全成功了。他已经在柯拉里奥生活了十二个月，他们之间没有通过音讯，尽管他时不时地也会从仍与他保持联络的少数朋友那里听说关于她的总已滞后了的零星消息。知道她还未与托利弗或任何别的人结婚，他仍会难以自抑地感到庆幸。不过，托利弗显然还没有死心。

嗯，都过去了。现在，无论她嫁不嫁人、嫁给谁，对他来说都一样。他已吃过了忘忧果。这个国度似乎永远都处在下午，让他快乐并且满足。在美国度过的那些已逝的岁月，只像是一个恼人的梦境。他希望伊达也像他一样幸福。和邈远的阿瓦隆[1]一样怡人的气候;无拘无束的、周而复始的、田园牧歌式的日子;生活在这群懒散浪漫的人中——这是一种充斥着音乐、鲜花和轻声浅笑的生活;触手可及的山与海,以及在热带白夜中蠢动的形形色色的爱情、魔幻和妩媚——这一切给了他莫大的满足。何况还有葆拉·布兰尼甘。

格迪打算和葆拉结婚——当然啦,如果她同意的话;他料想她一定会同意的。不知为何,他迟迟未向她求婚。有那么几次,他差点就开口了。但某种神秘的因由让他始终未能踏出那一步。也许,他只是无意识地、本能地确知,这样一来,他与旧世界的最后一丝联系就将被切断。

和葆拉在一起,他肯定会幸福。本地姑娘鲜有能与她相比的。她在新奥尔良的一所女修道院主办的学校读过两年书;当她打算炫示才学的时候,谁也看不出她和诺福克或曼哈顿的姑娘有什么不同。然而,看到她有时在家中穿着双肩外露、长袖飘拂的土著服装,那才真叫人心神荡漾。

伯纳德·布兰尼甘是柯拉里奥的一位大商人。除了他的商铺,他还豢养了一支骡队,与内陆的城乡保持着频繁的贸易往来。他和一个有着卡斯蒂利亚贵族血统的本地女人结了婚,不过,从她的橄榄色脸颊上能瞧出一点印第安风情的褐

---

[1] 阿瓦隆,凯尔特神话中的乐土,也被称为"天佑之地"。

色。像通常会发生的那样,爱尔兰和西班牙血统的嫁接,生发出罕有的美貌与灵动的新枝。他们的确都是好人,而且已经准备将他们那栋房子的顶层给格迪和葆拉使用,只待他下定决心表明心迹。

消磨了两个钟头之后,领事看报看得累了。报纸都摊在走廊上,散落在他四周。他躺在那里,恍惚间将眼前的一切认作了伊甸园。一丛香蕉树在他和太阳之间架设了一道凉爽的屏障。从领事馆到海边的那条缓坡,被柠檬树和橘子树墨绿色的叶片所覆盖,其间夹杂着如火如荼的繁花。环礁湖像一块锯齿形的黑水晶,嵌在陆地之中;湖上,一棵白色木棉树的树冠几乎戳进了云层。海滩上,迎风招展的椰子树将悦目的绿叶伸向几乎全然静默的海面。他能知觉到在大片绿树中闪耀的鲜红和赭赤、水果和花朵的芳香,以及从瓠瓜树下,昌卡的泥灶中飘出的炊烟;能感受到土著女人在她们的茅屋中放声大笑,知更鸟在啁啾欢歌,以及微风中的咸味和拍岸的海浪在衰竭后渐弱的声响——另外,还有一个侵入这片灰色海景的白点,它正逐渐变大。

他懒散地关注着这个模糊的存在一点点变得清晰,直到它成为向着海岸全速行驶的"伊达利亚号"。他仍旧保持原有的姿态,注视着那艘漂亮的白色游轮,看着它迅速地驶近,来到柯拉里奥对面。这时,他才坐直了身子,看着它从面前匀速驶过。把岸和船分隔开的是仅有一英里宽的海面。他看到了游艇上锃亮的黄铜器件的反光,以及甲板上遮阳篷的条纹——看到的真不少,但也就这么多了。"伊达利亚号"就像一艘旧式幻灯片里的船,在领事的小世界里照出一个透亮的圆,然后又从中穿了过去,离开了。如若不是海平线上还留有一点云迹,它一定会被当作无形无质的假象,由他无所事事的头脑凭空捏造而成。

格迪回到办公室坐下来,继续用他的年度报告来打发时间。如果他读到报纸上的文章后可以无动于衷,那么,"伊达利亚号"无声地驶过当然也不能给他带来震动。现状令他平静、安心,一切不确定因素都已排除。他知道,人们有时会抱有某种连自己都未曾意识到的期望。现如今,既然她从两千英里之外前来,却连瞧也没瞧他一眼就走了,那么他对于过去的执着,哪怕是无意识的,也不再必要了。

晚饭后,当太阳落到群山背后的时候,格迪在椰子树下的一小片海滩上散步。舒适的海风向岸边吹拂,海面上泛起了阵阵微波。

随着轻轻的一声"啪",一个小小的浪头在沙上散开,把一件亮闪闪的圆形物体送上了岸,浪退的时候又把它卷了回去。下一波潮水才让它搁浅在海滩上,格迪把它捡了起来。是一个无色的长颈玻璃酒瓶。软木塞塞得很紧,跟瓶口齐平,外面用火漆封住了。看起来,瓶子里只装了薄薄一张纸。纸被揉得不成样子,应该是被硬塞进去的。火漆上盖了一个印章——可能出自一个图章戒指，印的是姓名首字母的花押；可是，印章印得很仓促，无论怎么精心辨认，也确定不了是什么字母。伊达·佩恩总是戴着一枚图章戒指，她的手上从不配其他的饰品。格迪觉得，他能大致看清那个熟悉的缩写："IP"；一股异样的不安情绪攥住了他。与那艘他刚刚看过的必定载着她的船相比，这一有关她的提示更具有人性，尤其是，更具有她的个人性。他走回他的房子，把瓶子放在办公桌上。

把帽子和上衣丢到一边，点上灯——因为夜晚骤然挤走了短暂的黄昏——他开始研究自己从海里捞上来的这件东西。

拿起瓶子凑到灯光底下，翻来覆去地仔细观察，他看出瓶里是一张堆满了字的双页信纸；而且，纸张的尺寸和颜色和伊达一向使用的那种完全相同；此外，他确信，笔迹也是她的。瓶子的玻璃质量不佳，扭曲了光线，让他没法看清写在纸上的字；但某些大写字母，他通过综合判断，可以确定出自伊达之手。

格迪放下瓶子，眼中多了混合着迷惑和乐趣的一点笑意，接着又拿出三根雪茄，一根挨着一根摆在桌上。他把帆布躺椅从走廊搬进屋里，舒舒服服地躺了下来。他打算一边抽那三根雪茄，一边考虑这个问题。

因为这的确成问题。他几乎希望自己从未发现这个酒瓶，但酒瓶分明就在这里。为什么它要从海上漂过来，从而带给他这么多烦心事，扰乱他的安宁？

在这片时间似乎过剩的如梦似幻的土地,他养成了对琐屑小事也要再三省思的习惯。

他开始异想天开地臆测这个瓶子的来历,构想出许多种可能,然后又逐个推翻。

轮船若是遇险或遭难,有时会采用这种靠不住的办法,将求援信息抛出去。但不到三小时之前,他明明看到"伊达利亚号"安然无恙地快速驶过。莫非是水手叛变了,将乘客们囚禁在甲板下面,这瓶里装的是一封呼救信!但假使这种不大可能的暴动确实成立,难道焦躁的俘虏们竟能克服惊惧,小心翼翼地写四页纸来求救吗?

就这样,他很快淘汰了那些可能性不大的选项,之后,尽管他有些排斥,但只剩下一个不易推翻的想法:信是给他的。伊达知道他在柯拉里奥,她一定是瞅准了游艇经过这里、风又吹向岸上的时机,将瓶子抛进了海里。

一旦得出这个结论,格迪就皱起了眉头,嘴角也露出了倔强的神情。他坐着,望着门外在寂静的街道上穿梭的大萤火虫。

如果这是伊达给他的信,除了以之作为和解的前奏外,还能有什么用意呢?如果确是这样,那她又为什么不采取安全的邮递办法,偏偏要用如此靠不住的,甚至很轻率的通信方式呢?空瓶子里装纸条,然后丢进海里!这其中有些轻佻的、不庄重的意味,如果这还称不上轻蔑的话。

这种想法伤了他的自尊，也压制了所有被这个酒瓶唤起的旧情。

格迪穿上衣服，戴好帽子，走了出去。他沿着一条街，走到了小广场边上，有一支乐队正在演奏，人们在周围闲荡，看上去自在又无聊。一些乌黑的发辫里缠进了萤火虫的姑娘羞怯地匆匆走过，用害羞的、讨好的目光偷瞧他。空气中弥漫着茉莉花和橘子花的气味，令人懒洋洋的，提不起劲。

领事在伯纳德·布兰尼甘的房子前面停下脚步。葆拉正躺在露台的吊床上摇荡。她从床上坐了起来，就像一只小鸟从窝里探出身子。听到格迪的声音，她的脸颊泛起了潮红。

看到她的一身装扮，他立刻就被迷住了——一件带褶边的棉布裙配一件白色法兰绒的小夹克，整洁而又靓丽。他提议去散步，他们就朝山路上那口印第安人的古井走去。他们坐在井沿儿上，在那里，格迪说出了一直想说又一直没说的话。尽管他早就确信她不会拒绝他，可当她顺从地给出圆满而又甜蜜的答复，他还是快乐得难以自已。眼下这姑娘交给他的这颗心才装满了坚贞不渝的真爱，不会反复无常，不会疑问重重，不会按世俗的标准挑三拣四。

那晚，当格迪在葆拉家门前与她吻别的时候，他感觉自己从未如此快活。"在这块空幻的乐土，只需要活着、躺下"，对于他，就像对于许多水手们一样，这是最舒服的，从而也是最好的选择。他的前途十分理想。他已经得到了一座没有蛇的伊甸园。他的夏娃实实在在地属于他,不受诱惑,因而更具诱惑。今晚,他做出了决定,胸中充满信心和安宁。

格迪走回了他的住处,一路吹着那首名叫《燕子》的最美好也最伤感的情歌。刚进门,他驯养的那只猴子就从架子上跳了下来,吱吱尖叫。领事转向他的办公桌,想取一些在那里搁了很久的坚果给它。在一片昏暗之中,他的手触到了那个瓶子。他打了一个激灵,仿佛摸到的是冰冷的、滚圆的蛇躯。

他忘了瓶子也在那儿。

点亮灯,喂过猴子之后,他非常慎重地点着一根雪茄,把瓶子抓在手里,沿着小路向海边走去。

空中一轮明月,将大海映得雪亮。就像每个晚上一样,风在游移,现在正持续不断地向海面吹去。

走到水边,格迪用力将没开过的瓶子远远地抛进海里。有一会儿,它消失了,随后又从水面弹起,跳得足有自身长度的两倍那么高。格迪静静地站着,看着它。月光很亮,他能看到它随小小的浪头上下颠簸,缓缓地退离岸边,翻动着,闪着光。风将它送进了海里。很快,它就变得像一粒微尘,只时不时地被隐约辨认出来;接着,连它的那点神秘也被更为广大的海的神秘给吞没了。格迪久久地站在海边,抽着雪茄,凝望着水面。

"西蒙!喂,西蒙!快醒醒,西蒙!"海边有一个响亮的声音在大叫。

老西蒙·科鲁兹是个混血儿，既是渔夫，也当走私犯，住在海边的一座小屋里。他刚眯了会儿眼睛，就被吵醒了。

他蹬上鞋子，走了出去。"瓦尔哈拉号"的三副刚由一条小艇登岸，他是西蒙的老熟人了，另外还有三名水手也从那条水果船上下来了。

"快起来，西蒙，"三副喊道，"去找格雷格医生、古德温先生，或者任何一个格迪先生的朋友，尽快把他们带到这儿来。"

"苍天保佑，"西蒙睡眼惺忪地说，"格迪先生没出什么事吧？"

"他在那块油布下面，"三副指了指小艇，说道，"被淹了个半死。我们在轮船上看到他在离岸一公里远的海里，疯了似的游向一只浮在水面上、越漂越远的瓶子。我们放下小艇，朝他划过去。眼看就要够到瓶子的时候，他体力不支，沉了下去。我们把他拽上小艇，也许还来得及救他一命；不过，只有医生说的才算数。"

"一个瓶子？"老人揉了揉眼睛，说道。他还没完全醒过来。"瓶子在哪儿？"

"在那后边的某个地方漂着，"三副用拇指朝海的方向随便一点，说道，"赶紧去吧，西蒙。"

Chapter 3 史密斯

古德温和那位热心的爱国者萨瓦拉，采取了他们所能设想的一切手段，防止米拉弗洛雷斯总统和他的伙伴逃脱。他们派遣可靠的信使沿海岸北上索利塔斯和阿拉赞，警告当地首脑，通报总统在逃的消息，让他们在海岸线巡逻，一旦逃亡者在这些区域现身，要不惜一切代价逮捕他们。做过这些准备以后，只需密切注意柯拉里奥周边就可以了，然后就等着猎物自己送上门吧。网已经布好了。能走的路就那么几条，乘船的机会也不多，就两三个可能出海的地方，都已严密布控，如果这么大的一支队伍，携带了这么多本国的尊严、浪漫和财产，还能从网眼里钻出去，那才真是怪事。毫无疑问，总统会尽可能秘密地行动，想办法在海边某个不为人知的所在，悄悄地登船离开。

在古德温收到恩格尔哈特的电报之后的第四天，"卡尔赛芬号",一艘挪威轮船,被新奥尔良的水果商租下,在汽笛嘶哑地鸣了三声之后,挨着柯拉里奥的海岸下了锚。"卡尔赛芬号"不是维苏威水果公司旗下的运输船。它更像是一个业余爱好者,为那些次要的、还不够格与维苏威竞争的小公司打打零工。"卡尔赛芬号"的动向完全视市场的状况而定。有时,它规律地往来于西班牙美洲殖民地和新奥尔良之间,运输时令水果;有时,随着水果供需关系的变化,它会打破常规,驶往莫比尔、查尔斯顿,甚或远至纽约的北方地区。

古德温在沙滩上闲逛,周遭聚着一群照常来凑热闹、看轮船的闲人。目前,米拉弗洛雷斯总统随时可能到达被他抛弃的这个国家的边境,必须严密地、不间断地巡视。每一条驶近海岸的船只都被当作可能助逃亡者脱身的工具;甚至由柯拉里奥本地出海捕鱼的单桅船和平底船也都有眼线盯着。古德温和萨瓦拉不着痕迹地到处走动,查看是否还有漏洞。

海关官员们郑重其事地挤上小船,朝"卡尔赛芬号"划去。一条小艇从轮船上下来,把带着相关文件的事务长送上岸,又把带着绿色阳伞和体温计的检疫医生送上船。接着,一大群加勒比人开始把堆在岸边的成千上万串香蕉装上驳船,再划着驳船去轮船那边。"卡尔赛芬号"没有乘客需要清点,检查手续很快就办妥了。事务长宣称轮船要连夜装完水果,第二天一早就起锚。他说"卡尔赛芬号"是从纽约开过来的,之前刚刚将一批橘子和椰子运到那里的港口。有两三条单桅货船受雇帮工，因为船长心急如焚，唯恐不能及时赶回，趁美国闹水果荒的时机大赚一笔。

大约下午四点，跟在不祥的"伊达利亚号"之后，另外一头"海怪"也现身于这片对其并不熟悉的海域——一艘优雅的蒸汽游艇，被漆成浅黄色，像钢板雕刻画一样轮廓分明。这艘美丽的船在近海徘徊，起伏于浪涛之间，轻飘飘的，好似雨桶中的一只鸭子。一名穿制服的水手划着一条小艇，迅速到达岸边，一个矮壮敦实的男人跳上了沙滩。

新来的客人环顾眼前一大群鱼龙混杂的安楚里亚土著，看似有些不以为然，紧接着就朝在场者中最为引人注目的古德温先生走去。古德温则彬彬有礼地对他表示问候。

在交谈中，刚刚登陆的这位透露自己名叫史密斯，从一艘游艇上来。这番介绍实在毫无必要，因为游艇再显眼不过，而且"史密斯"也不是什么必须由本人揭晓，否则便无从推测的姓氏。可在见多识广的古德温看来，史密斯和他的游艇并不相称。这是个呆头呆脑的人，长着一对斜视的死鱼眼，留着酒保才会留的那种小胡子。而且，如果不是在下船之前换过着装的话，他这身装束——珠灰色窄边帽配上花格子外衣和杂耍艺人戴的领结——对这艘端庄的游艇来说，简直是侮辱。消费得起游艇的人，通常也有配得上游艇的气质。

史密斯看上去是个买卖人，但不太能言善道。他点评了这里的景色，说它和地理书上的图片完全相符；接着就问起美国领事馆的位置。古德温把挂在小领事馆上面、恰好被橘子树挡住的星条旗指给他看。

"领事格迪先生肯定在,"古德温说,"几天前他在海里游泳,差点淹死。医生吩咐他在家里待段时间。"

史密斯朝领事馆走去,用脚在沙滩上犁出了一条新路。他那身七拼八凑的浮夸打扮与热带温驯的蓝绿色调格格不入。

格迪有气无力地躺在吊床上,脸色苍白,神态疲惫。那天晚上,"瓦尔哈拉号"的小艇在他眼看就要淹死的时候把他救上岸,格雷格医生和其他几个他的朋友努力了几个钟头才为他保住最后一点生命的火苗。那个瓶子,连同失效的信件,都在大海里失去了踪迹,而它所引发的那个问题被弱化为一道简单的加法题——按算术法则,一加一得二;按爱情法则,得出的还是一。

有一个古老的奇谈怪论,说人可以拥有两个灵魂——一个是外围灵魂,用于日常事务;另一个是中心灵魂,只在特定条件下,才会被激活,一旦运动起来就会活力四射。在前者的支配下,一个人会刮胡子、投票、纳税、赚钱养家、订购图书,能按部就班地做事。然而,一旦让中心灵魂取得支配地位,眨眼之间,他就可能和知心好友翻脸,口出恶言;在你打个响指的功夫,他就可能转换政治立场;他可能会死命地羞辱最亲密的朋友,可能把对方丢在修道院或者舞厅里;他可能私奔,也可能上吊——没准他还会写歌或者作诗,或者主动亲吻他的妻子，还可能设立一项基金用于微生物研究。之后，外围灵魂又回来了，他又变得安全稳重，又成为我们的好公民了。这只是自由意志对规则的反叛；它的效果仅限于摇撼那些走神的原子，好让它们各归其位。

格迪的突变并不剧烈——只不过是在夏日的海洋中游泳，追逐像一只漂流瓶这么可笑的东西。现在，他又恢复如常了。一封请辞领事职位的信件，已经摆在桌上，只待邮寄给政府了，一旦有名新的领事前来就职，他就可以脱身了。因为伯纳德·布兰尼甘做事一向直接、彻底，他要格迪立刻跟他合伙，进入他那些利润可观、种类庞杂的生意领域；而葆拉正幸福地筹划着重新装修和布置布兰尼甘家顶楼的房间。

看到这个惹眼的陌生人出现在门前，领事从吊床上爬了起来。

"躺好吧，老兄，"访客挥动着一只大手，说道，"我叫史密斯，从一艘游艇上来。你就是领事吧？一个冷静的大个子在海滩那里给我指的路。我觉得自己应该向国旗致敬。"

"请坐，"格迪说，"一看到你的船，我就被它吸引住了。真像一艘快帆船。它的吨位多大？"

"我哪晓得！"史密斯说，"我不知道它有多重。不过，它开起来稳得很。'漫步者号'——这是它的名字——绝不比任何海上的东西跑得慢。我是第一次乘坐这条船。我想好好地看看这条海岸线，了解一下这些出产橡胶、辣椒和革命的国家到底是怎么回事。没想到,这里的景色这么棒。就连中央公园也没法跟这一带相比。我从纽约来的。这里有猴子、椰子和鹦鹉——对吗?"

"这些我们都有,"格迪说,"我非常确定,我们的动植物比中央公园更加可观。"

"很有可能,"史密斯愉快地表示同意,"可惜我还没看到。不过我想,谈起动植物的话题,我肯定说不过你。来这旅行的人并不多,对吗?"

"旅行?"领事问,"我想你指的是坐船经过的乘客。不,很少有人在柯拉里奥登岸。有时会有个把投资者——观光客们一般会继续下行,去更大一点的港口城镇。"

"我看到有一艘船正在那边装香蕉,"史密斯说,"有没有乘客从船上下来?"

"是'卡尔赛芬号',"领事说,"一艘跑长途运输的水果船——我记得,它最近刚去过纽约。没,它没有载客。我看到它的小艇到岸上来了,没有带客人。我们这里唯一有趣的娱乐项目就是看轮船;要是某艘船上下来一个乘客,通常会吸引全镇的人出来围观。如果你打算在柯拉里奥停留一阵,史密斯先生,我很乐意带你转转,见几个人。这里有几个美国人值得认识一下,另外还有一些本地的阔佬。"

"谢谢啦,"游艇来客说,"但我不想给你添麻烦。我挺想见见你说的这些人,但我恐怕不能在这里待很久,没法一一拜访了。海滩上那位冷静的先生说起过一位医生,你能告诉我在哪儿能找到他吗?'漫步者号'行驶起来可没法像百老汇大道上的旅馆那么平稳;时不时就有人晕船。我突然想到,可以找医生讨些小糖丸,有需要的时候就能派上用场了。"

"在旅馆里准能找到格雷格医生,"领事说,"到门口你就能看到它——就是那栋有阳台的两层楼房,那几棵橘子树旁边。"

外宾旅馆是一家死气沉沉的旅馆,生人或熟客都极少。它坐落在圣墓街的拐角,一片低矮的橘子树在一边紧挨着它,一道高个子能轻易跨过的石墙把它围在里面。房子是用土砖砌成的,刷过石灰,但已被海风和太阳涂得斑驳陆离。楼上阳台正中开了一扇门,还有两扇以阔百叶窗代替框格的窗户。

一楼有两扇门通向狭窄的石头人行道。整层都是女店主蒂莫提·奥娣斯太太的酒馆。在小小的吧台后面,摆着白兰地、茴香酒、苏格兰烟雾威士忌,以及廉价葡萄酒的酒瓶,都蒙上了一层厚厚的灰尘,有些上面能看到不常光顾的客人留下的零星指印。二楼有四五间客房,难得被用在既定的用途上。偶尔有果农骑着马,从种植园来镇上,找代理商量事情,就会在阴郁的二楼度过一个凄凉的夜晚;有时,也会有本地的小官上门,专为办些鸡毛蒜皮的公务,遇上老板娘阴森森的招待,派头和官威都被吓跑了。但其实,老板娘只是心满意足地坐在吧台后面,从不向命运抱怨。如果有人要吃、喝或是住店,只要来了,她就接待。这样很好。如果他们不来,行吧,那就不来。这也不赖。

当那位不寻常的游艇乘客沿着圣墓街坎坷的人行道走过来的时候,那家衰败的旅馆唯一的长期住客正坐在门口,享受海风的轻拂。

检疫医生格雷格是一个五六十岁的男人,有着红润的脸膛,以及从托贝卡到火地岛之间最长的一把胡须。他的职位是由美国南方某州一座港口城市的卫生局任命的。那座城市畏惧所有南部港口的古老敌人——黄热病,格雷格医生的职责就是检查从柯拉里奥开出的一切船只的船员和乘客,排查初步症状。任务很轻,而薪水,对于柯拉里奥的居民来说,却相当丰厚。空闲的时间很多,这位好医生又在沿海居民中间大肆开展私人业务,以提高收入。事实上,他懂得的西班牙语不超过十个词,但却没遇到什么障碍;毕竟,也不是非得语言学家才能把脉和收费。再补充说明一点,医生有一个关于穿孔手术的故事,从没有人肯听他讲完;此外,他相信白兰地能预防百病。有关格雷格大夫,值得一提的事就这么多,再找不到其他有趣之处了。

医生把椅子搬到人行道旁边。他赤着上身,背靠着墙,一边抽烟一边捋他的胡须。看到穿得奇奇怪怪、五颜六色的史密斯,他那双淡蓝色的眼中闪过一丝讶异。

"你就是格雷格医生,对吗?"史密斯摸了摸领结上的狗头别针,说道,"治安官——我是说领事,告诉我你在这间客栈混。我叫史密斯,坐游艇来的。想到处逛逛,看看猴子和菠萝树。进来喝杯酒吧,大夫。这家咖啡馆看上去真够冷清的,不过我想,总能找到些喝的东西。"

"我跟你去,先生,给我来点白兰地就好,"格雷格医生立刻站起来说道,"我发现,这样的天气,喝一点白兰地预防疾病几乎是必须的。"

他们刚想走进酒馆,一个光着脚的土著人悄无声息地走过来,用西班牙语跟医生说了些什么。他穿着一件棉布衬衫和一条破破烂烂的亚麻布裤子,扎了一根皮带;皮肤是黄褐色的,像熟过头的柠檬。他的脸像野兽,有活力,很机警,但似乎不怎么聪明。这人激动又严肃地讲了一大通,可惜所有的话都白说了。

格雷格医生给他把了把脉。

"你病了吗?"他问。

"我老婆病了,在家里。"那人说,想方设法以对他开放的唯一语言将这个消息传达出去:他的妻子在她的棕榈屋里病倒了。

医生从裤兜里掏出一把填充了白色粉末的胶囊,数出十颗,放进土著的手里,然后一本正经地举起食指。

"每两个钟头,"医生说,"吃一颗。"于是,他又举起两根手指,在土著面前晃了晃,以示强调。接着,他取出怀表,用手指在表盘上划了两圈,之后,又把两根手指举到病人的鼻子跟前。"两个——两个——两个钟头。"医生重复道。

"是,先生。"那土著悲伤地说。

他从自己口袋里掏出一只不值钱的银表,搁在医生手上。"另一只表,"他竭尽所能,以自己所掌握的极少一点英语艰难地说道,"我拿来,明天。"然后拿着他的胶囊垂头丧气地走了。

"一个非常愚昧的种族,先生,"医生一边说,一边把表放进口袋,"他好像弄错了,把我说的服药时间当成诊疗费了。不过,那也没什么。反正他欠我的。很可能,他不会送另一只表来了。可别把他们答应你的话当真。现在去喝酒吧?你怎么来的柯拉里奥,史密斯先生?除了'卡尔赛芬号',这几天,我不知道还有别的船到这儿来的。"

两人靠着冷冷清清的吧台;不等医生吩咐,老板娘就拿出了一个酒瓶。那上面可没有灰尘。

两杯酒下肚之后,史密斯说:"你说'卡尔赛芬号'没有载客是吗?你能确定吗,医生?可我听到海滩上有人说,好像有一两个乘客上岸来了。"

"他们搞错了,先生。按照惯例,我亲自上船,给船上的每个人都做了医学检查。'卡尔赛芬号'一装好香蕉就要启航了,估计在明天一大早,今天下午的时候,所有的手续就都办好了。没有乘客,先生,一个也没有。喜欢这种三星白兰地吗?一个月以前,一艘法国纵帆船送来的,用单桅船装了两趟才运完。我用我的帽子打赌,伟大的安楚里亚共和国没从里面捞到一丁点进口税。如果你不想喝了,咱们就出去坐一会儿,乘乘凉。我们这些被流放的人难得有机会跟外面世界来的客人聊天。"

医生为他的新朋友搬来另一把椅子,也放在人行道边上。两人都坐下了。

"你是个见过世面的人,"格雷格大夫说,"到过不少地方,经过不少风浪。你在伦理,而且无疑的,在公道、才能以及职业道德方面的判断肯定很有价值。有个病例,我希望你能听一下,我认为它在医学史上是独一无二的。

"大约九年以前,我在家乡行医的时候,被人请去诊治一个颅骨挫伤的患者。我诊断出有一片碎骨压迫了脑部,需要施行一种叫穿孔术的外科手术。不过,因为病人是个有财有势的绅士,我就请了别的医生来会诊,那是……"

史密斯站了起来,温柔并充满歉意地把一只手放在医生的衬衫袖子上。

"你看啊,大夫,"他严肃地说,"我很想听这个故事。你勾起了我的兴致,我可不想错过剩下的部分。只听开头,就能想象它有多精彩;如果你同意的话,下次巴奈·奥弗林协会举行会议的时候,我想讲给全体会员听。不过,我得先去处理一两件小事。如果能及时处理好,我就回来,在上床睡觉以前，听你讲完下面的故事——这样行吗？"

"只管去吧，"医生说，"办完事再回来。我会等你的。你知道，会诊的时候，名气最大的医生认为这是血栓，另一个说是脓肿，但我——"

"先别告诉我，大夫。别糟蹋了这个故事。等我回来。我要从头到尾听完它，你说好吗？"

群山耸起庞大的肩，迎向在天边疾驰、载着阿波罗归家的神驹。在礁湖上，在香蕉树的阴影里，在大蓝蟹爬上地面开始夜巡的红树沼泽，白昼相继逝去。最后，连最高的山巅也变得黯淡。紧接着，短暂的黄昏像飞蛾一样倏忽而过；南十字星座用生在头顶的一只眼睛窥视一排棕榈，萤火虫点燃它们的火炬，预告夜晚正以温柔的步伐悄然来临。

"卡尔赛芬号"停泊在海面上，扯着锚链轻轻摇晃，船上的灯火将闪烁的、矛尖状的光芒刺入深不可测的海洋。那群加勒比人正忙碌着，将岸上堆积如山的水果搬到大驳船上，满载之后再运过来，装上船。

在沙滩上，史密斯背靠一棵棕榈树，静坐等待，被地上的许多雪茄烟头环绕着，锐利的目光紧盯着轮船的方向，从未放松过。

这个不太对劲的游艇客人将全副心神都贯注在这条无辜的水果船上。已经有两个人向他保证，没有搭这条船到柯拉里奥来的乘客。可他完全没有一个远游者的散漫，仍然坚持要以自己的眼睛对已经得出的判决提出上诉。他怪模怪样地蹲在椰子树底下，就像一只花花绿绿的蜥蜴，用与爬行动物一般无二的、小珠子般滴溜打转的眼睛密切监视着"卡尔赛芬号"。

游艇上的一条白色舢板被拖下来，放在白色沙滩上，由一个白衣水手守着。不远处，与海岸平行的大街上，另外三名水手在一家酒店里围着柯拉里奥唯一一张台球桌，拄着球杆，大摇大摆地挪着步子。舢板就摆在那儿，仿佛正在待命，随时可能物尽其用。空气中飘浮着一种有所期盼的、等待有事发生的暗示，这对于柯拉里奥而言，是一种舶来品。

史密斯就像某些羽翼光鲜的过路鸟儿，在这片棕榈海岸一晃而过，只暂停片刻，整理一下羽毛，之后就无声地展翅飞走了。晨光初现之时，史密斯就不见了，原本候在那里的舢板也不见了，游艇也从海面上消失了。史密斯离开了，并没有留下有关他的任务的线索，那一晚，在柯拉里奥的海滩上，也找不到足迹能显示他的秘密使命将他引去了哪里。他来了，在马路上和酒馆里说了一通奇怪的黑话，又在椰子树下坐了一会儿，然后就失踪了。第二天早上的柯拉里奥，少了一个史密斯，人们吃着油炸车前草，说着："那个穿得跟画片似的男人自己走掉了。"这个插曲随午睡一起过去，在呵欠中成了历史。

所以，史密斯要暂时退到幕布背后去了。他不再来柯拉里奥了,也不再见格雷格医生了。医生还在那儿干坐着,摇晃着过于茂盛的长须,等着以关于穿孔术和嫉妒的动人传奇来充实不告而别的听众的心。

不过,幸运的是,散落在风中的篇章还会变得清晰,史密斯还会飘回到我们中间。他会及时前来告诉我们,那天晚上,他为什么在棕榈树的周遭丢下那么多的雪茄烟头。他必须这么做,因为他在黎明前乘着"漫步者号"游艇离开的时候,把一个谜语的谜底也带走了,那谜语如此巨大荒谬,以至于在安楚里亚几乎没人敢冒险提起它。

Chapter 4 抓捕

在沿海地带阻截逃亡的米拉弗洛雷斯总统和他的伴侣的计划，看来是万无一失了。萨瓦拉大夫亲自去了阿拉赞港口，在那里建了一个岗哨。柯拉里奥内部由自由主义爱国者瓦拉斯严密看守，绝对靠得住。古德温自己则负责柯拉里奥的周边区域。

总统出逃的消息已被封锁，除了那个有篡权野心的政党的可靠成员，在沿海城镇没人知道此事。萨瓦拉派出的密探远赴山区，切断了将圣马提奥和海岸连通的电报线。在线路被修复，从首都传出的只言片语被接收之前，逃亡者早就到海边了，是逃走还是被捕的问题，也该有了答案。

古德温安排了武装哨兵，在以柯拉里奥为中心的两英里海岸线上，每隔一小段就有一人驻守。他们受命整夜密切监视，以防让米拉弗洛雷斯通过在海边偶然找到的小艇或单桅船暗地里登船逃脱。十来个人在柯拉里奥的街道上巡逻，旷工的高官不知会不会在那里出现，他们随时都要做好拦截的准备。

经过一再确认，古德温深信所有防范措施都已十分到位。他在那些有着响亮的名称，实际上不但狭窄，还被野草覆盖的小道上溜达，亲力亲为，帮着执行鲍勃·恩格尔哈特交托给他的守夜任务。

镇上又开始了这一轮不温不火的夜间娱乐。几名悠闲的公子哥，裹着白色帆布衣，系着飘飞的领带，挥着细长的竹杖，涉过野草丛生的小路，向他们爱慕的小姐家走去。音乐艺术的追求者在门边和窗前孜孜不倦地拉着哀怨的风琴，或者弹着悲伤的吉他。偶尔有个把士兵从营房出来，戴着软塌塌的草帽，不穿上衣也不穿鞋子，一只手扯着长矛似的步枪，匆匆走过。巨型树蛙在每一簇绿叶间发出响亮又嘈杂的鸣叫声。在更远处，小径在莽丛的边缘枯萎了，劫道的狒狒扯着嗓门大吼，鳄鱼在黑暗的河口连声咳嗽，震碎了森林中虚无的寂静。

才到十点钟，街上就空空荡荡的了。原先有许多燃着的油灯，被随意地摆在各个街角，散发着病恹恹的黄光，这会儿已经被某些节俭的市政人员给熄灭了。柯拉里奥睡着了，安静地躺在正压迫它的群山和正侵蚀它的大海之间，像一个被盗的婴儿，蜷在人贩子的怀里。在热带的暗夜中，曾身居高位的冒险家携着他的伴侣，逃向陆地的边界，也许已经行进到这片冲积平原深处的某个地方。这场"早晨的狐狸"游戏很快就要结束了。

古德温从容地迈着步子，走过长长一列低矮的营房，安楚里亚部队驻柯拉里奥的分遣队在里面酣睡，赤裸的脚趾指向天空。这儿有条法律，规定公民们不得在九点之后走近这座军事大本营的指挥部，但古德温总是忘记这些次要的条例。

"是谁？"哨兵喊道，吃力地抬起他那杆笨重的毛瑟枪。

"美国人。"古德温吼了一声，没有回头，也没有停步，就走过去了。

他先向右拐，再向左拐，沿着通往国家广场的街道一路走去。在能把雪茄烟头扔到圣墓街街口的位置，他突然在路中间站住了。

他看到一个高个男人的身影，穿着一身黑衣，拎着一只大手提箱，急匆匆地沿着横街往海滩的方向走去。古德温又扫了一眼，就看到还有一个女人，在另外一侧挨着男人的肘边，看上去即使不是搀扶着，也是在催促着她的同伴，两人一起，迅速而安静地前进。他们不是柯拉里奥人，两个都不是。

古德温加快脚步，跟了上去，但没有采用探子们打心眼里喜爱的那些狡猾的策略。这个美国人太豪放了，完全忘记了探子的本能。作为安楚里亚人民的代言人，要不是考虑到政治原因，他当场就会要他们还钱。他的政党已做好打算，保住这笔岌岌可危的款子，把它归还国库，然后在不需流血、不遇抵抗的情况下宣布接掌政权。

那对男女在外宾旅馆的门前停了下来,男人不耐烦地敲打木门,一看就不是一个习惯等在门外的人。老板娘过了好久才有反应;不过,片刻之后她就提着灯出现了,门开了,客人进屋了。

古德温站在静谧的街上,又点了一根雪茄。过了不到两分钟,旅馆二楼,一道微弱的灯光亮起,透过百叶窗的板条间隙渗了出来。"他们住下了,"古德温自言自语,"那么,他们登船出海的事情还没有安排好。"

这时,一个叫埃斯特班·德尔加多的理发师朝这边走过来,他是任何现存政府的敌人,是个反对一切停滞状态的快活的阴谋家。这家伙是柯拉里奥最爱惹是生非的人之一,经常在外面混到夜里十一点。他是个忠诚的自由党人;他把古德温当作党内兄弟,以夸张的郑重其事跟他打招呼。不过,他确实有重要的事情要说。

"你猜怎么着,堂弗兰克!"他以叛徒的常用语气叫道,"今晚我给人剃胡子了——你们管这叫络腮胡,不过,你想想!这可是长在本国总统脸上的络腮胡啊!是他叫我去的。他在一个老太婆的破屋子里等我——一座非常小的房子,周围一片漆黑。我的天!总统先生竟然把自己搞得跟见不得光似的!我想,他不愿意被人认出来——可是,去他的吧!你给一个人剃胡子的时候能不看他的脸吗?他给我这块金币,要我一定不要声张。我觉得,堂弗兰克,照你们的说法:这里面一定有猫腻。"

"你以前见过米拉弗洛雷斯总统?"古德温问。

"就一次,"埃斯特班回答,"他个子很高,长着又黑又浓密的络腮胡子。"

"在你给他剃胡子的时候还有其他人在场吗?"

"一个印第安老太婆,那屋子就是她的,还有一位小姐——多么漂亮的女人啊!——哦,天啊!"

"很好,埃斯特班,"古德温说,"真是走运啊,碰上你带来这么一条理发见闻。新政府会为此记住你的。"

之后他简单地跟理发师交代了几句,让他知道国家所面临的这场危机已经到了紧要关头,吩咐他待在外面,看守旅馆朝向街道的两侧,观察是否有人想从门或窗户出去。古德温自己则走向来客进入的那扇门,打开它,走了进去。

"啊!是古德温先生。难得见您赏脸光顾我这间寒酸的小店啊。"

"以后我得多来几趟,"古德温带着古德温式的微笑说道,"我听说北至伯利兹,南至里约,这一大片地区里,你的白兰地是最好的。拿一瓶出来吧,夫人,咱们每人来一杯,验证一下吧。"

"我的酒,"老板娘骄傲地说,"是最好的。它是在那些美不胜收的瓶子里,也就是说,是在香蕉树之间的隐秘地带生长出来的。是的,先生。只有到了半夜,水手们才能把它们摘下来带走,在天亮之前,送到你家的后门去。好酒,是一种很难采的水果,先生。"

在柯拉里奥,贸易的生命力主要来自走私,而不是竞争。做成了一笔漂亮买卖之后,有人就会怀着自负,俏皮地提起它。

"今晚有客人住在你这里。"古德温说着,把一块银币放在了柜台上。

"有啊,"老板娘边说边数出要找的零钱,"有两位,可才刚到没一会儿。一位是先生,年纪不算老,另一位是极其漂亮的小姐。他们已经到楼上的房间去了,不要吃的,也不要喝的。两个房间——九号房和十号房。"

"我与那位先生和那位女士,"古德温说,"有要事相商。你可以让我去见见他们吗?"

"没问题,"老板娘轻轻地叹了口气,说道,"为什么不让古德温先生上去找他的朋友谈事?当然可以。九号房和十号房。"

古德温把手伸进衣服口袋,解开他随身带着的左轮手枪的枪套,登上了又陡又暗的楼梯。

在楼上的过道里,一盏吊灯的红光帮助他认清了华而不实的门牌。他扳动九号房的门把手,走进去,然后关上了身后的门。

如果在这间陈设简陋的房间里,坐在桌边的人确是伊莎贝尔·吉尔伯特的话,传闻对于她的美貌实在有欠公道。她用一只手撑着脑袋,身形的每一根线条都显示出极度的疲劳;面容写满了深深的困惑。她的眼珠是灰色的,似乎所有著名的"红心女王的魔力珠子"都是用这个模具制造的。眼白异常清澈明亮,沉重的眼皮垂下来,遮住了瞳仁,只露出下面的一道雪白的线。这样的眼睛代表高贵、活力,另外,如果你能设想的话,还有一种最慷慨的自私。这个美国人进来的时候,她抬头看着他,神情有惊讶和询问的意味,但并不慌张。

古德温摘掉帽子,坐在了桌子的一个角上,表现出他特有的从容和轻松。他的指间夹着一根点着的雪茄。之所以如此不见外,只因他确信多余的客套对于吉尔伯特小姐绝对无效。他了解她的历史,知道惯例在她的人生舞台上只能扮演小角色。

"晚上好,"他说,"现在,女士,让咱们马上进入正题吧。你会注意到,我不点出那个名字,但我知道谁在隔壁房间里,也知道他带着的行李箱里装了什么。我就是为了这件东西才来的。我命令你们交出来。"

女人坐着不动,也没有答话,只是凝视着古德温手里的雪茄。

"我们,"发号施令的人沉思着,望着自己整洁的鹿皮鞋子,双脚轻轻摇晃着说道,"我代表绝大多数人民——要求归还属于他们的那笔被盗的款项。除此之外,我们没有提更多的条件。这些人很单纯。作为群众共同推举的代言人,我承诺,只要他们的要求得到满足,我们绝不再打扰你们。交出这笔钱,你和你的同伴就会被放行,想去哪里都可以。事实上,你们可以选择任何出航的船,我们能帮你们弄到通行许可。我个人还想对十号房里的先生表达敬意,他在女性魅力的鉴赏方面水准太高了。"

古德温把雪茄放回嘴里,打量着她,看到她的眼睛跟着雪茄转动,并且冷冷地、意味深长地、专注地盯着它。很明显,他说的话,她一个字也没听进去。他明白了,就把雪茄丢出窗外,然后笑了起来,从桌上滑下来站在地上。

"这才像话,"这位女士说,"这样我才有可能听你说。为了学习第二节礼貌课程,你现在不妨告诉我,侮辱我的人是谁。"

"对不起,"古德温用一只手撑着桌子,说道,"我的时间不多,没空修习礼仪学科。好啦。现在,请你好好考虑一下。你能想明白怎样才对你有利,你自己的过去就很说明问题,从中能找出不止一个实例。你无疑很聪明,眼下就有个时机能让你运用你的聪明。一切都是明摆着的。我是弗兰克·古德温,我是为了那笔钱来的。我碰巧进了这个房间,如果我走进的是另一间的话,我早就得手了。你还想我说得再明白点吗?十号房里的先生有负大家的重托。他从他的人民那里劫走了一笔巨款,而我呢,就是来为他们挽回损失的。我不明说那位先生是谁；不过，如果我不得不见他，并且在见到他时证实他是某位共和国的高官，我就有责任逮捕他。这房子被监视了。我给你指了一条明路。我并不是非得和隔壁那位先生当面谈判不可。把装着钱的行李箱拿来给我，咱们就让这事到此为止。"

那位女士从椅子上起身，站了一会儿，沉思着。

"你住在这里吗，古德温先生？"不久后，她问道。

"是的。"

"你有什么权力就这么闯进来？"

"我的权力来自人民。我接到电报，掌握了十号房里那位先生的动向。"

"我可以问你两三个问题吗？我相信自己的判断，你更像是个诚实的人，而不是个胆小鬼。这个柯拉里奥是个什么样的城镇？我想，它的名字是这么念的吧？"

"一个不怎样的城镇，"古德温微笑着说，"一个香蕉镇，这是就当地人的主业来讲。茅草屋，土砖房，五六栋两层小楼，居住条件很差，居民是些西班牙混血、印第安人、加勒比人和黑人。没有人行道，没有娱乐场所。简直还没有开化。当然了，我这只是随口说个大概。"

"那么，在社交或是生意方面，有没有什么诱因让人们想要住在这里？"

"哦，有的，"古德温爽朗地笑着，回答道，"这儿没有下午茶会,没有手摇风琴,没有百货商店——可也没有引渡法案。"

"他告诉我,"女士微微皱起眉头,仿佛自言自语似的继续说道,"在沿海这一带有些美丽而且重要的城镇;这里有良好的社会秩序——尤其是,有一个美国侨民的高素质群体。"

"确实有一群美国侨民,"古德温有些好奇地盯着她说,"其中一些人还不错,另一些人却是躲避联邦法律制裁的逃犯。我记得有两个在逃的银行总裁,一个来路不明的部队出纳,一对杀人犯,一个寡妇——据我了解,她有用砒霜谋杀亲夫的嫌疑。再有就是我自己了,不过,截至目前,我还没有什么值得夸耀的罪行。"

"别失望,"女士淡淡地说,"从你今晚的所作所为来看,没什么能碍着你奔向前程。一定有些误会,我不知道问题出在哪里,但今晚你可不能打扰他。长途跋涉已经让他筋疲力尽,他睡着了,我想,是穿着衣服睡的。你提到被盗的钱!我不明白你的意思。一定有些误会。我会证明给你看的。你就待在原处,我会把你惦记着的行李箱拿来给你看看。"

她向着能连通两个房间的那扇关着的门走去,但又停住了,半转过身,将一道森严的、质询的目光倾注在古德温身上,最后,颇有嘲弄意味地笑了。

"你闯进了我的房间,"她说,"以最卑劣的指控作为借口,干你的罪恶勾当,而且还……"她犹豫了一下,好像在重新考虑她的措辞,"而且,这事真是莫名其妙,肯定有误会。"

她朝门那边走了一步,但古德温轻轻碰了碰她的手臂,制止了她。我之前已经说过,逛街的时候,女人们都会回头看他。他就像个维京人,大块头,长相好看,有一种和善但又好斗的神情。而她,一头黑发,很骄傲,脸庞随情绪的变化,时而明艳,时而苍白。我不知道夏娃的发色是深是浅,但我知道,如果伊甸园里有这么一个女人,禁果肯定会被人吃掉。这女人是古德温的命运所系,他还不知道,但他必定已经感受到命运带给他的第一阵痛苦,因为,当他面对她的时候,他所知的有关她的传闻就灼伤了他的喉咙。

"如果有什么误会,"他激动地说,"那也只是你的误会。我不怪那个已经失去了他的祖国、他的荣誉,也即将失去那笔不义之财带来的一丁点安慰的人,至少不会像怪你那样怪他,因为,天啊!我看得分明,他是怎么走到这一步的。我理解他,而且可怜他。正是像你这样的女人让这片堕落的海岸满是不幸的流亡者,让男人忘记他人的重托,让——"

那位女士做了一个厌烦的手势打断了他。

"不要再继续无礼了,"她冷静地说,"我不知道你在说什么,也不知道你犯下了什么愚蠢的错误;但如果检查一位绅士的旅行箱里面的东西,就能让我摆脱你,那咱们就别再耽搁了。"

她迅速而安静地走进了隔壁房间,返回时拖着一个沉重的皮箱。她把它交给美国人，神情中透着忍耐和轻蔑。

古德温连忙把行李箱搁在桌上，动手解开皮扣。那位女士则站在一旁，脸上显现出无限的不屑与厌倦。

箱子被一股猛力朝一侧扳开，之后就大敞在那里。古德温从里面拽出几件衣物，让占据大部分容量的东西展露无遗——那是一捆挨着一捆的、扎得紧紧的巨额美钞和国库券。绑钱的纸带上都写了数字，额度很高，算一算，总和肯定接近十万。

古德温迅速地瞥了那女人一眼，看到她明显深受震动，他感到意外、吃惊，甚至有些心花怒放。她睁大眼睛，喘息着，整个身体都靠在桌子上。他由此推断，她对自己同伴洗劫国库之事并不知情。但为什么，他有些恼怒地问自己，他为什么竟会盼着这个四处流浪、寡廉鲜耻的歌女并不像传说中那么坏呢？

一阵响声从隔壁房间传来，两人都吓了一跳。门开了，一个上了年纪、肤色黝黑、才剃过胡子的高个儿男人急匆匆地走进来。

米拉弗洛雷斯总统在所有照片里的形象，都是一个有着一把茂盛的、仔细打理过的黑胡须的人；不过，听过理发师埃斯特班的故事之后，古德温对此已有准备。

那人从黑暗的房间里摇摇晃晃地走过来，在灯光下眨着眼睛，还没能摆脱浓重的睡意。

"这是什么意思？"他用极为标准的英语质问道，用锐利而又不安的眼神盯着美国人，"打劫？"

"差不多吧，"古德温回答，"不过，我倒是认为自己及时地制止了它。我代表这笔钱的全体所有者，我来这里的目的，就是要让这些钱物归原主。"他把手插进宽松的亚麻布上衣口袋。

另一个男人也连忙把手伸向背后。

"别动，"古德温厉声喝道，"我口袋里的东西已经对准你了。"

女人上前一步，把一只手放在犹豫不决的同伴肩膀上，用另一只手指了指桌子。"告诉我真相——真相，"她低声说，"那是谁的钱？"

男人没有答话。他深深地长叹了一声，躬下身去吻了吻她的额头，走回隔壁房间关上了门。

古德温料到了他的用意，两步抢到门前，但就在他触到门把手的时候，一声枪响就传了过来。紧接着是重物坠落的声音，某人把他推到一边，挤进了那个有人倒地的房间。

古德温想，这妖女的心中，一定生出了一阵极大的悲哀，远甚于失去情人和金钱所造成的伤痛，在那一刻，从她的身体里榨出了一声叫喊，对那位宽恕一切、安抚一切的人世劝慰者呼告——让她在那个被鲜血玷污的房间里发出呼唤："哦，妈妈，妈妈，妈妈！"

外面起了一阵骚乱。理发师埃斯特班一听到枪声,就扯着嗓门喊起来;枪声本身也叫醒了镇上的半数居民。街上响起噼噼啪啪的脚步声,长官的口令开始抽打沉寂的空气。古德温还有一个任务需要执行。环境所迫,他必须代为管理他寄居的这个国家的国库。他迅速把钱塞回去,关好行李箱,身体探出窗外,把箱子丢进下面一道小围墙内的一株茂密的橘子树里。

在柯拉里奥,人们会把这场逃亡的悲惨结局告诉你,因为他们乐于把它告诉陌生人。他们会告诉你,警报拉响后,执法者们怎样快速赶来——指挥官趿着红拖鞋,像酒店领班一样穿着短外套,腰间佩了剑;士兵们拿着他们的长枪;跟在后面的是数量更多的军官,以各种姿势挣扎着往饰有金穗带和肩章的制服里钻;另外还有赤脚的警察(这一大帮人里,也就他们还有点能耐),以及各式各样慌慌张张的居民。

他们说,死者的脸被枪弹毁得没法看了;但古德温和埃斯特班都力证他就是落难的总统。第二天早上,电报线被修好了,通讯恢复了;总统逃亡的消息从首都传遍了全国。在圣马提奥,革命党没有遭遇抵抗就夺取了政权,善变的民众很快就以"万岁"的呼声抹去了对不幸的米拉弗洛雷斯的好奇。

他们会跟你提及,新政府怎样筛查一座座城镇,巡视一条条街道,想找到总统随身带着的、装有安楚里亚剩余资产的手提箱,但都一无所获。在柯拉里奥,古德温亲自带领一支搜索队,就像女人梳头那样仔细地梳过这座小镇,但也没有发现那笔钱。

他们十分轻慢地把死者葬在小镇后面一座跨过红树沼泽的小桥旁边;付一个雷亚尔,就会有个男孩带你去看他的坟墓。他们说,有个老太婆——理发师曾在她的屋里给总统剃胡子——在坟头上竖了块木板,用烙铁在上面烫了墓志铭。

你还会听说,在随后的那段苦难深重的日子里,古德温先生像座铁塔一样守护着堂娜伊莎贝尔·吉尔伯特;他的那些对她的过去的疑虑(如果有的话),都烟消云散了;而她那爱好冒险、随心所欲的脾性(如果有的话),也离她而去了;他们结了婚,过得很幸福。

那位美国人在城郊的小山脚下盖了一座房子。一座用本地产的木头和砾岩搭成的建筑,这些木头要是出口的话,值一大笔钱,另外,还用上了砖、棕榈、玻璃、竹子和黏土。一座自然形成的乐园环绕着它;房子里也用了些纯天然的东西来布置。本地人谈起它的室内装潢,都会羡慕得手舞足蹈。那里有擦得像镜子那么亮的地板,上面铺了手工编织的印第安真丝地毯,还有大尺寸的饰品、画作、乐器和糊了花纸的墙壁——"你自己想象吧!"他们大声说道。

但在柯拉里奥,人们没法告诉你(你会知道的)弗兰克·古德温丢进橘子树的那笔钱后来的去向。不过,以后再谈这个吧;因为棕榈树正随风轻摆,要求我们尽情玩乐。

Chapter 5 第二个被丘比特流放的人

美利坚合众国在对手头的领事人选反复研究之后,选中了亚拉巴马州达拉斯堡的约翰·德·格拉芬里德·阿特伍德先生,来接替威拉德·格迪辞去的职务。

只要对阿特伍德没有偏见,就必须得承认这一点:是这位先生主动谋得了这个差使。就像自我放逐的格迪一样,约翰尼·阿特伍德[1]完全是被美人的巧笑逼得出此下策,接受了他所鄙视的联邦政府指派的职务,如此一来,他就可以远离那张毁掉了他的青春的、虚伪而又美丽的脸庞。柯拉里奥的领事职位似乎给他提供了一个足够遥远也足够浪漫的避难所,能给达拉斯堡的田园风情注入必要的戏剧性。

在表演被丘比特放逐的戏码时,约翰尼给西班牙美洲殖

---

[1] 此处的"约翰尼"是对"约翰"的昵称。

民地的那串长长的遇难者名单添上了他的作品,凭借的是他对鞋子市场的操纵,这一点人尽皆知,另外,也凭借他使在其家乡最受轻视、最无用的牛蒡草从一文不值变成国际贸易中颇有价值的商品的壮举。

烦恼来了,因为浪漫会带来烦恼,而不是终结烦恼。在达拉斯堡有个名叫伊利亚·赫姆斯泰特的杂货店老板,他家里有一个独生女,名叫罗西妮,她的名字大大弥补了姓氏的不足[1]。这是个魅力四射的年轻女人,那一带的年轻男人都为之神魂颠倒。其中,法官阿特伍德的儿子约翰尼是最倾心于她的一个,他家住在达拉斯堡边上一座殖民地风格的大宅里。

表面看来,性感的罗西妮应该很乐意回报一位阿特伍德家族成员的深情,长久以来,这个姓氏在全国范围内备受尊崇,战争也没能改变这一点。她似乎应该愉快地应允,被领进那座大而空的殖民地风格的豪宅。但事实并非如此。地平线上悬着一朵乌云,一朵险恶的积雨云,化身为住在附近的一个活泼机灵的年轻农夫,此人胆大妄为,与出身高贵的阿特伍德成了竞争对手。

一天晚上,约翰尼向罗西妮提出了一个人类青年普遍都认为极其重要的问题。那会儿万事俱备——月光、夹竹桃、

---

[1] 此句中赫姆斯泰特(Hemstetter)意为"家庭的构成",罗西妮(Rosine)则意为"小玫瑰"。此句有双关作用,既可以指"玫瑰"装点了"家庭",也说明这个独生女对于赫姆斯泰特家的重要性。

木兰、苇莺的歌声,该有的都有了。当时,那个走运的年轻农夫平克尼·道森的阴影是否插进了他俩中间,那就不得而知了;总之,罗西妮的回答并不令人满意。约翰·德·格拉芬里德·阿特伍德先生深深鞠了一躬,帽子碰到了草地,然后就昂着头走了,但血统和心脏都受到了重创。一个赫姆斯泰特拒绝了一个阿特伍德!呸!

那一年,适逢一个民主党人当选了总统,而阿特伍德法官正是民主党的一员老将。约翰尼说服了他,让他给自己安排了一段远在异国的前程。他要走——走得远远的。也许不用几年,罗西妮就会想起他的爱情有多么真诚、多么坚贞,并为此而落泪——说不定,她那时在为平克尼·道森做早饭,眼泪滴进了刚刮出来的奶油里。

政治的车轮一转,约翰尼就被送去柯拉里奥当领事了。直到临行之前,他才上赫姆斯泰特家去道别。罗西妮的眼中有一抹异样的淡红;如果当时那里只有他们两人,美国政府很可能就得另外物色一位领事了。可平克尼·道森当然也在场,还大谈特谈他那四百英亩的果园、三英里长的苜蓿田和两百英亩的牧场。因此,约翰尼跟罗西妮握手道别时,态度冷淡得好像只是去一趟蒙哥马利,过两天就回来一样。阿特伍德家的人,一旦做了决定,都能保证体面。

"如果你在那儿有好的投资项目,恰好又碰上点困难,约翰尼,"平克尼·道森说,"告诉我,好吗?我想我几乎随时都有几千美金闲钱，可以拿出来做点有钱赚的买卖。"

"当然啦，平克，"约翰尼愉快地说，"如果遇上这种情况，我会很乐意让你加入的。"

于是，约翰尼去了莫比尔，搭上了一艘前往安楚里亚海岸的水果船。

当新任领事抵达柯拉里奥的时候，那些新奇的风景替他纾解了心胸。他才二十二岁；不像年长的人，总摆脱不了过去，年轻人的伤痛来得快也去得快。它会统治他一段时期，之后灵敏的感官就会暂时将它推翻。

比利·凯奥和约翰尼似乎一见面就培养出了对彼此的友谊。凯奥带着新领事在镇上到处逛，把他引荐给屈指可数的美国人，以及数量更少的法国人和德国人，就是这些人构成了镇上的"外来户"群体。之后，当然了，他要更为正式地被介绍给当地的官员，还得通过一名口译宣读委任状。

这个年轻的南方人身上有某种特质，令久经世故的凯奥十分欣赏。他的举止纯真得近乎孩子气，但他所具有的冷静、不为外物所动的气魄却又远远超越他的年龄和阅历。制服或是官衔，繁文缛节或是外交辞令，海或是山，他都不在乎。无论多大年纪，他也是达拉斯堡的阿特伍德家的后裔，他从不对你隐瞒他的心中所想。

格迪到领事馆来交接职责与工作。他和凯奥尽力想通过他们的描述，让新任领事对政府期望他执行的工作产生兴趣。

"没关系,"约翰尼在吊床上说,这床是他刚刚安装的,为的是办公时也有个能躺躺的地方,"如果发生了什么必须办的事,我就让你们帮我处理。你不能指望一个民主党人在他到任的初期就投入工作。"

"你最好把这些条目看熟了,"格迪建议,"每一行都是一种出口货物,你得把它们一一记在账上。水果要分类;这些是贵重木材、咖啡、橡胶——"

"最后一项听着不错,"阿特伍德先生插嘴道,"听上去似乎有些延展性。我要买一面新国旗、一只猴子、一把吉他和一桶菠萝。橡胶的账能延展一下,把它们包含进去吗?"

"这只是统计问题,"格迪微笑着说,"你说的是开支记账。这倒真有那么一点弹性。对于'文具类'的开支,联邦政府有时候审得没那么细。"

"咱们在浪费时间,"凯奥说,"这人天生就是公职人员。凭借犀利的眼睛,他一下就从根底上看透了这门艺术。真正的执政天赋在他说出的每一个词里展露无遗。"

"我接受这份职业的时候,不打算做任何工作,"约翰尼懒洋洋地解释道,"我想在这个世界上找个没人会跟你谈起农场的地方。这里没有农场,对吗?"

"没有你熟知的那一种,"前任领事回答,"这里没有所谓的农耕技术。从没有一张犁或一台收割机进到过安楚里亚国境以内。"

"这就是我想要的国家。"领事低声呢喃,之后立刻就睡着了。

快乐的锡版摄影家继续和约翰尼亲密往来,不顾别人的公开指控——他们说他这么做只是为了获得在领事馆凉廊占座的优先权。但不管凯奥的意图是出于自私自利还是纯粹的友谊,反正他成功得到了那项令人艳羡的特权。几乎没有哪个晚上,你不能在凉廊找到这两人。他们靠在那里吹着海风,脚搭在栏杆上,雪茄和白兰地就搁在触手可及的地方。

一天傍晚,他们就这样坐着,多数时间都在沉默,因为这个不同寻常的夜晚一片寂静,把他们的话也变少了。

天上挂着一轮巨大的满月,海面被镀了一层珍珠母的光彩。几乎所有声音都沉寂了,没有风,空气只隐隐流动;小镇躺在地上喘气,等待夜晚送来凉意。维苏威公司的水果船"安达多尔号"停泊在近海,已经装满了货,计划第二天早晨六点起航。岸上没有闲逛的行人。月光异常明亮,两人能看见被细浪打湿的小鹅卵石在沙滩闪光。

后来,一艘小小的单桅船沿着海岸线缓缓驶来,顶着风向陆地靠近,鼓着白帆,像一只雪白的海鸟。它在二十点方位[1]以内逆风航行;因此,它频繁调整船尾,时而朝里,时而朝外,像一个优雅的溜冰者,从容地在一条绵长的线路上

---

[1] 方位,航海学中以圆周法或半圆周法度量并计算得出航向。

滑行。

通过这种行进方式,水手又让这条船靠向岸边,这一回已经接近领事馆对面,此时从船上传来一阵清晰而又惊人的讯号,仿佛出自仙境之角,可能是精灵的喇叭,甜蜜、清脆、出人意料,轻快地演奏着那支熟悉的旋律:"家啊,可爱的家。"

这是专为这片乐土而设的背景。海洋与热带充满威仪,来路不明的船只透着神秘,音乐在月光照耀的水面摇曳,带来一种抚慰人心的魔力。约翰尼·阿特伍德沉醉其中,又想起了达拉斯堡;但对于这段缥缈的独奏,凯奥心中已有了数,他立刻跳到栏杆边上,就像一门加农炮,用他那震耳欲聋的吼声打破了柯拉里奥的寂静。

"梅——林——格,喂!"

单桅船这时正转而向外行驶,但还是传来一句清楚的回话:"再见,比利……回——家了,再见!"

这条船是朝着"安达多尔号"去的。无疑有某个乘客在北面港口取得了航行许可,坐上单桅船赶那艘即将返程的常规水果船去了。就像一只卖弄风情的鸽子,小船不断变向,路线飘忽,直到最后,它的白帆混在水果船一侧的大批货物之中,看不见了。

"那是老 H. P. 梅林格,"凯奥解释道,身体向后一倒,坐回了椅子里,"他回纽约了。他是这个国家已故的逃亡总统的机要秘书——那些人管这个杂货店和水果摊叫国家。现在,他的工作做完了,我猜老梅林格应该挺高兴的。"

"为什么他离开的时候要来段音乐,就跟魔法女王祖祖一样?"约翰尼问,"就只是想告诉人家他心情不错?"

"你听到的是留声机的声音,"凯奥说,"是我卖给他的。梅林格在这个国家做过一桩辛苦活儿[1],所用的方法,在全世界都是独一无二的。这台嘟嘟响的机器曾经帮他挽回了局面,那以后,他就总是把它带在身边。"

"给我说说这个。"约翰尼显得很有兴趣,主动提出了要求。

"我不善于谋篇布局,"凯奥说,"我能用语言来说话,但当我尝试着叙述一件事,词句就会自己冒出来,如果气氛对路,它们就会顺理成章,但也可能相反。"

"我想听听关于这项活计的事儿,"约翰尼坚持道,"你无权拒绝。我可是把有关达拉斯堡的每一个男人、女人的所有事情都告诉你了,连每根拴马的柱子在哪儿,你都知道了。"

"我会告诉你的,"凯奥说,"我只是说,我讲故事的天赋实在不行。你别当真。通过后天努力,我在学习其他许多美德与学问的同时,也掌握了这门手艺。"

---

[1] 这里用了一个三关语:原文为"graft",意为"嫁接",可寓意"殖民",同时也有"辛苦工作"和"贪污"的义项。在文中,这三重含义均有体现,在翻译时根据语境采不同译法。

Chapter 6 留声机与活计

"这活计指的是什么?"约翰尼问道。像爱听故事的普罗大众一样,他也缺乏耐心。

"提前露底给你,有悖艺术和哲学的原则,"凯奥沉着地说,"叙事艺术的要诀在于对你的听众隐瞒他们想知道的任何事情,直到你就着与主旨无关的话题发表完你自己喜欢的意见。一个好故事就像一颗苦药丸,糖衣不是裹在外面,而是被包在里面。如果你同意的话,我就从切罗基部落的占星术谈起,以这台留声机播放的一支陶冶人心的曲子作为结束。

"这个国家的第一台留声机是我和亨利·霍斯科勒带过来的。亨利是有四分之一切罗基血统的四分卫[1],在东部练熟了橄榄球的术语,在西部走私威士忌,是个像你我一样的绅士。

---

1 四分卫,美式橄榄球赛场上的一个战术位置。

他为人很随性,很活跃,身高大约六英尺,动起来像个橡胶轮胎。对,他是一个五英尺五英寸,或者五英尺十一英寸的小个子男人。照你们的说法:一个高是不怎么高的,矮也矮不到哪去的人。亨利退过一次学,进过三次马斯科吉监狱——最近一个罪名是在边境地区牵线和直接销售威士忌。亨利·霍斯科勒从不让那些烟酒店掺和他的事,他不需要后盾。他也不属于那些印第安部落。

"亨利和我在特克萨卡纳碰上了,然后就构思了这个'留声机计划'。他手头有三百六十美元,是用印第安保留地[1]的土地配给换来的。而我呢,刚刚因为在小石镇的街上亲眼见证了苦难的一幕,忙不迭地从那里逃开了。一个男人站在一个箱子上,拿出一些金表,让围观的人传看,都是那种带螺旋杆的发条手表,装的是爱尔近[2]的机芯,非常精美。在商场专柜买的话,得二十美元。遇上三美元一块表的价格,这帮人当然要抢购了。那人恰好有满满一箱现货,他把它们挨个递出去,就像把刚出炉的饼干放进碟子。表盖很难打开,但看客们把耳朵贴上去听过之后,总是心满意足地掏出钱来。

---

1 印第安保留地,美国从十八世纪末期开始实行的针对印第安土著的一种特殊政策,其主要内容是划定印第安人的居住地区,承诺他们拥有自己的土地,但实际上却限制了他们的活动范围,要求他们必须在指定的区域定居。这些"保留地"后来也都被白人以各种手段收购或剥夺了。
2 爱尔近,十九世纪美国最著名的机械表品牌。

这些表里只有三块是真的，其余的都是骗钱货。嗯，你问我是怎么回事？给空表壳里装一只那种会绕着电灯光乱飞的黑色甲虫。它们每分每秒都会勤勤恳恳地在里面发出美妙的撞击声。就这样，我说的这人捞到了两百八十八美元；接着，他就走了，因为他知道，等到小石镇的人们要上表的时候，得要找个昆虫学家才管用，而他自己显然不行。

"所以，我已经说过了，亨利有三百六十美元，我有两百八十八美元。把留声机引入南美洲是亨利的主意；但我乐意接受，因为我喜欢各式各样的机器。

"'拉丁民族，'亨利说，用他在大学里学到的术语自如地解释着，'特别适合献祭给留声机。他们有格外突出的审美天性。他们迷恋音乐、色彩和欢乐。他们一连几个月去不起杂货店，摘不起面包果，却还要花贝壳念珠[1]去马戏帐篷里看手风琴艺人和四条腿的小鸡。'

"'那么，'我说，'咱们这就把罐装音乐输送给拉丁民族。但我记得针对他们，尤利乌斯·凯撒先生曾经说过，"高卢全境分为三部分"[2]，意思是说，"我们得动用最邪乎的手段，才能叫这帮家伙乖乖就范"。'

"我不喜欢卖弄学识；但我不能叫区区一个印第安人在修

---

[1] 贝壳念珠，北美印第安人的特色饰品，曾作为货币流通。
[2] 此句出自凯撒的历史著作《高卢战记》，此处译文引用自商务印书馆于1979年9月出版的任炳湘译本。

辞方面占据上风,除了美国这片土地,我们不欠这个种族任何东西。

"我们在特克萨卡纳买了一部相当不错的留声机——可说是第一流的产品——还有满满半箱唱片。我们收拾好行囊,带着这些东西去了新奥尔良。在这个以糖浆和奴隶歌曲著称的地方,我们登上了一艘去往南美的轮船。

"我们是在索利塔斯上的岸。从这里过去,沿海岸向上,走五十英里就到了。那地方看上去足够令人满意。房子是白色的,很干净;看到它们散布在自然风光之中,你会联想到被生菜叶包围的煮鸡蛋。郊外有一大片擎天的高山,山里静谧无声,就好像它们始终伏在地上,看守着这座城镇。海水拍岸,发出'唰——唰——唰'的响声;时而会有一只熟透的椰子掉在沙滩上;这里就只有这点动静了。对,我认为这座小镇非常安静。我想,等到加百列吹过号角,末日的车轮开始转动,费城被捆在车尾的带子上,松谷和阿肯色州被挂在车后的踏板上,都一起被拖走,这个索利塔斯才会醒来,问一句:有人说话了吗?

"船长和我们一起上了岸,还主动为我们带路,他喜欢管这叫丧葬礼仪。他把我和亨利引介给美国领事,还有一个棕色皮肤的男人,从他挂的标志牌来看,他在政府任职,是'贪财好色部'的首脑。

"'一星期之后,我还会再来一趟。'船长说。

"'那时候,'我们对他说,'我们正在内地城镇里,用我们那位通了电的首席女歌手,用毫厘不爽地仿照苏萨乐队的演奏,在锡矿山里一路掘进,积攒财富呢。'

"'你们做不到,'船长说,'你们会被洗脑的。观众席上的先生们,若有哪一个肯上前几步,在台上近距离地看看这个国家,就会改变信仰,假想自己只是埃尔金奶油厂里的一只苍蝇。你们会站在没膝的海浪里眼巴巴地盼着我来,你们那台用尊贵的音乐艺术制造汉堡牛排的机器,会在一旁唱着"这里没有我的家"。'

"亨利从他那卷钞票里抽出二十美金,从'贪财好色部'换回一张盖了红章的纸,纸上用当地的语言写了一个我们读不懂的故事。此外,没有找零。

"之后,我们给领事的肚子灌满了红酒,叫他给我们算了一卦。这人是个瘦子,看着还算年轻,照我说,可能刚过五十岁吧,性格像是法国和爱尔兰的混血,整个人被哀伤撑得大了一圈。没错,他是个颓废的人,酒在他的身体里凝成一片沼泽,让他看起来比实际上更胖一些,也更惨一些。是的,我想,他其实是个自怜自艾的、忧伤又和蔼的荷兰人。

"'这项被命名为"留声机"的惊人发明,'他说,'还没有进入过这一带沿海地区。这里的人从没听说过。即使听说过,他们也不信。心地纯真的自然之子们,还没有受到进化的诅咒,没法把拧开罐头的工序等同于乐曲的前奏,拉格泰姆音乐却有可能煽动他们制造一场流血的革命。你们不妨做个实验。你们播放音乐的时候，如果大众还没醒，那就算你们走运。如果他们醒着，可能会有两种反应，'领事说，'假定他们收下了它。他们也许会如痴如醉地投入其中，就像一位亚特兰大的上校听着《进军佐治亚》；另外，他们也许会大受刺激，用斧头给音乐变个调子，再把你们扔进地牢里。在后一种情况下，'领事说，'我会尽我的职责，给联邦政府发电报；在你们被枪毙以后，我会把你们裹在星条旗里，还要再吓唬他们一下，就说世界上黄金出口量最大、财政储备最雄厚的国家正准备为你们报仇呢。那面国旗上都是子弹孔，'领事说，'就是因为这种事。之前有过两次。我发电报给咱们的政府，请他们派两艘炮艇来保护美国公民。第一回，政府给我寄来一双胶鞋[1]。另一回，一个叫皮斯[2]的人眼看就要被处死了，他们却把我的求助信转给了农业部长。现在，让咱们叨扰一下吧台后面的那位先生，再添一些红酒吧。'

"索利塔斯的领事就这样对着我和亨利·霍斯科勒自说自话。

"不过，尽管如此，我们还是在沿岸的主路天使街上租了

---

[1] 胶鞋，英文是"gumboots"，与炮艇的英文"gunboats"读音相近。这里开了个谐音玩笑。
[2] 皮斯，英文是"Pease"，与豌豆的英文"peas"读音相近。这里又开了一个谐音玩笑。

一个房间，把我们的箱子放在里面。那是个大开间，幽暗，凉爽，就是小了点。那条街道五花八门一应俱全，有各式各样的建筑和热带植物。城里的乡民来来往往，就在两排人行道之间的美丽草场上游牧，怎么看，都像卡伏兹鲁姆陛下[1]即将进场时的歌剧合唱队。

"我们正在擦拭留声机，为第二天开业做准备的时候，一个高大英俊的白人，穿着一身白衣，在我们门口站住，探头进来看。我们对他发出邀请，他就走进来打量我们。他叼着一根长雪茄，眯着眼睛沉思着，像一个女孩儿正为穿哪条裙子参加派对而伤脑筋。

"'纽约来的？'他终于对我说话了。

"'原来在那儿，现在也时不时回去，'我说，'难道我还没褪掉纽约人的印记吗？'

"'只要懂得诀窍，'他说，'就很容易认。看背心的合体程度就行了。其他地方的人可没能耐把背心裁剪得这么妥帖。外套，兴许可以；背心，不成。'

"那白人瞅着亨利·霍斯科勒，显得有些迟疑。

"'印第安人，'亨利说，'文明化的印第安人。'

"'梅林格，'那人说，'荷马·P. 梅林格。小伙子们，你

---

[1] 卡伏兹鲁姆陛下，指代此地那些荒唐可笑的政治秀中的"风云人物"。卡伏兹鲁姆的读音富有异国情调，但此名实际上毫无意义。

们被收编了。你们既没有监护人,也没有介绍人,在这片丛林当中,就是两个小婴儿。我有责任帮你们一把。我要敲掉你们的支架,在这片热带泥潭中,找一股清澈的涌流,放你们下水¹。你们得受洗,而且,如果你们跟我来,我会照惯例,在你们的船首打碎一瓶葡萄酒。'

"荷马·P. 梅林格好好地尽了两天地主之谊。那人在安楚里亚很有办法。他确实神通广大。他就是卡伏兹鲁姆陛下本人。如果我和亨利是丛林里的婴儿,他就是从最高的枝头飞下来的知更鸟²。他、亨利·霍斯科勒和我挽着手臂,拎着那台留声机到处转悠,醉生梦死,纵情玩乐。不管到哪,只要我们发现门是开着的,就会走进去,把留声机开起来,梅林格则会振臂一呼,叫大家都过来欣赏美妙的音乐,顺便见见他的生死之交——两位美国来的先生。歌剧合唱队佩服得五体投地,跟着我们一起串门、起哄。每一支不同的曲子,都有一种不同的酒来搭配。土著们在调酒方面颇有些取悦人的能力,那些杯中物真是让人齿颊留香。他们把青椰子的一头砍掉,把法国白兰地和其他佐酒剂一起灌进椰子汁里。我们喝这个,别的也喝。

"我和亨利的钱没法用。所有账单都是荷马·P. 梅林格付

---

1 此句中,梅林格将两人比作刚刚造好的船只。
2 英国的传统民谣中有知更鸟衔着树叶为死在丛林里的婴儿遮盖身体的故事。

的。那人能从全身各处摸出一卷卷藏好的钞票,大魔术师赫尔曼都没法从这些地方变出兔子或煎蛋卷来。他的钱够建造好几所大学,再收集一大批兰花,之后还能再收买他所在的这个国家的所有花花绿绿的选票。我和亨利都好奇他是怎么捞钱的。有一晚,他告诉了我们。

"'小伙子们,'他说,'我骗了你们。你们以为我是个花花公子;其实我是这个国家工作最努力的人。十年前,我在这里上了岸,两年前,我摸着了这个国家的命门。是的,我想,只要我决心这么做,我可以在任意一个回合,击倒这个姜饼共和国。我向你们透露这些,因为你们是我的同胞和客人,虽说你们用最令人糟心的噪音机器播放音乐,向我选中的这片海岸发动了袭击。'

"'我的职务是这个共和国的总统机要秘书;我的职责是让这个国家运转起来。我不在菜单的第一排,但我是沙拉酱里的必不可少的那味芥末。没有经过我荷马·P. 梅林格的烹制和调味,没有一条法律能被端到国会去,没有一项特权能得到承认,没有一种重要的税赋可以征收。在办公室的前厅,我灌满总统的墨水瓶,搜查来访的政治家,找出他们藏在身上的匕首和炸弹;但在里面的房间,我实际支配着政府的政策。你无论如何也猜不出,我是怎么得到这种权力的。这种捞钱手段世上独此一份。我让你们开开眼界吧。你们记得总印在练字本第一行的那句话吗——"诚实是最佳方案"?就是它了。我老老实实地捞钱。在这个共和国里,我是唯一的老实人。政府知道,人民知道,贪官们知道,外国投资者也知道。我让政府守信用。如果某个职位被许给某人,那这人就一定会得到这个职位;如果外部资本收买了一项特权,那它就一定能得到回报。我在这里实打实地经营一门垄断生意。没有竞争。如果第欧根尼大人打着他的灯笼在这片辖区晃晃[1],不出两分钟,他就会得到我的住址。这活计弄不到大钱,但很稳当,能让人高枕无忧。'

"荷马·P. 梅林格就这样对我和亨利·霍斯科勒发表演说。后来,他又说了下面这番话,跟我们交了底。

"'伙计们,今晚我要举办一场晚会,请一帮社会精英来参加,我要你们协助我。把你们那台能播音乐的脱谷机带来,让这件事看起来顺理成章。眼前还有一件非常重要的任务,但不能声张。我可以告诉你们。因为没法跟别人倾吐,我已经苦恼了好几年。有时,我的思乡病犯了,情愿用全部的办公津贴去交换一个小时,就一个小时,在三十四街找个地方喝杯啤酒,吃一个鱼子酱三明治,站在路边看街车经过,闻一闻老朱塞佩水果摊上的烤花生的香气。'

"'对啦,'我说,'比利·伦弗鲁咖啡馆里的鱼子酱真不错,就在三十四街和——'

---

[1] 此处指希腊哲学家第欧根尼,传说他大白天打着灯笼想找个诚实的人。

"'天知道,'梅林格插嘴说,'要是你早告诉我你认识比利·伦弗鲁,我会变着花样带你寻开心。比利是我在纽约的死党。这人从不知人心险恶。我在这里用我的老实捞钱,在那边,他却因为他的老实而亏钱。真要命!这个国家经常让我难受。一切都腐朽至极。上至政府领导,下至采咖啡豆的,彼此之间都不怀好意,哪怕是朋友,都恨不能扒了对方的皮。如果有个骡夫对某个官员脱帽行礼,这官员就自以为成了大众偶像,就铁了心想煽动革命,颠覆政权。作为一名机要秘书,我的许多小散活儿中的一个,就是要及时嗅到造反的气味,在革命爆发之前扼杀它们,避免政权受到损伤。我这会儿之所以在这个发霉的海边小镇里,就是出于这个原因。这区的行政长官和他的拥趸正在密谋造反。我已经拿到了他们所有人的名单,他们都收到了 H. P. M. 的邀请,今晚会来听留声机音乐。用这个办法,我会把他们一网打尽,按照既定计划,让他们得到他们应得的下场。'

"我们三个在净圣酒店里坐着。梅林格倒了一杯酒,神色有些忧虑;我在思考。

"'这群人很难对付,'他焦躁地说,'他们背靠一个企图垄断橡胶的外国财团,用收到的贿赂填满了弹夹。这出滑稽的歌剧让我烦透了,'梅林格继续说着,'我好想闻闻东河[1]的

---

[1] 东河,美国纽约州东南部的海峡,位于曼哈顿岛与长岛之间。

气息,好想再次穿上背带裤。很多次,我都想甩手不干了,但我实在太蠢了,蠢到会为这份差事感到自豪。"天呐,"这里的人说,"这人就是梅林格,你用一百万也没法打动他。"总有一天,我会带着这些关于我的传说回去,让比利·伦弗鲁瞧瞧;无论什么时候,我看到一头肥羊,就能在眨眼之间把它塞进我的畜栏里——然后,我就会丢掉工作,这让我更紧张了。嗨,他们别想收买我。他们知道的。我花的都是我老老实实弄来的钱。总有一天,我要大捞一笔,然后衣锦还乡,跟比利一起吃鱼子酱。今晚,我要让你们看看,我是怎样收拾这帮腐败分子的。你们加入进来,就什么都齐了,我要让他们见识一下机要秘书梅林格的手段。'

"梅林格有了几分醉意,在酒瓶的瓶颈上打碎了玻璃杯。

"我对自己说:'白种人,如果我没搞错的话,诱饵已经布好了,就在一眼就能看得见的地方。'

"那天晚上,按预先制订的计划,我和亨利来到一条肮脏的、野草没过膝盖的小巷,把留声机搬进了一栋土砖房的一个房间里。那是一个长条形的房间,点着几盏冒烟的油灯。屋里有许多椅子,在最里头摆了一张桌子。我们把留声机放在桌子上。梅林格早到了,在来回踱步,被现下的处境扰得心神不宁。他把雪茄放在嘴里嚼,然后又吐出来,再啃一啃左手大拇指的指甲。

"不一会儿,参加音乐会的客人们一对对、一群群地翩翩而来。他们的肤色各不相同,浅的像被海泡石烟斗熏了三天,深的像漆皮鞋油。他们全都体面得跟蜡像似的,都兴高采烈地向梅林格先生道晚上好。我能听懂他们说的西班牙语——两年前,我在墨西哥的银矿管过水泵,掌握了一些基本用语——但我从没显露出来。

"他们大约来了五十个人,都坐好了,这时蜂王——本地区的行政长官——才进场。梅林格在门口迎接他,陪同他一直走到主座。一看到这个拉丁人,我就知道,机要秘书梅林格没什么必胜的把握。那是个肥硕的大块头,肤色像橡胶套鞋,眼神像酒店领班。

"梅林格用纯熟的卡斯蒂利亚语作了说明,说能向尊敬的朋友们介绍美国最伟大的发明、这个时代的奇迹,他感到既快乐又惶恐。亨利得到暗示,播放了一张优雅的铜管乐唱片,盛会就此开启。那位长官大人会一点英语,音乐暂歇的时候,他说:'非、非、常好。感、感谢。美国来的先生们,多么美妙的音乐啊。'

"桌子很长,亨利和我坐在靠墙的那头,长官坐在另一头。荷马·P. 梅林格站在桌边。我还在好奇,梅林格打算怎么逮住这帮人,那地头蛇突然抢先发难了。

"那位长官确实适合搞起义、玩政治。从他那从容不迫的样子,我就看得出,他已经胸有成竹了。是的,他很专注,也很机敏。他把手搁在桌子上,转脸面对着机要秘书。

"'美国来的先生们听得懂西班牙语吗?'他操着本地口音问道。

"'他们不懂,'梅林格说。

"'那么听好了,'那拉丁人立刻接话,'音乐自然是好东西,但不是必需品。咱们来谈谈生意吧。看到我的同胞们都在,我就清楚咱们为什么在这儿了。梅林格先生,你昨天听到些风声,知道了我们的计划。今晚咱们敞开了说。我们知道你站在总统那一边,也知道你的影响力。该换个政府了。我们懂你的价值。我们非常珍重你的友谊和帮助,所以——'梅林格抬起手,但那位长官没给他开口的机会,'别说话,等我说完。'

"长官从口袋里掏出一个纸包,放在梅林格手边的桌子上。

"'这里面有贵国的钞票,一共五万美元。你阻挡不了我们,但我们还是觉得你值这个数。回首都去,听我们的指示。现在,把钱拿去吧。我们信任你。纸包里还有一张纸,上面详细说明了我们希望你为我们做的一些工作。别拒绝,那样不明智。'

"长官停下来,两眼紧盯着梅林格,眼神中写满狂热与深意。我看着梅林格,暗自庆幸比利·伦弗鲁不会马上看到他。他站在原地呆住了,汗珠从前额往外冒,手指尖轻轻地敲击那个小纸包。这帮黑不溜丢的家伙要搅黄他的活计了,只要他改变政治立场,五指一抓,再往口袋里一塞。

"亨利对我耳语,想弄明白为什么一切都停了下来。我回他话:'H. P. 面前摆着一笔贿赂,数目够收买参议员了,这帮黑鬼就快要得逞了。'我看到梅林格的手向着纸包挪动。'他快撑不住了。'我小声告诉亨利。'我们得帮他想起,'亨利说,'纽约三十四街的烤花生。'

"亨利弯下腰,从我们带来的满满一篮唱片里挑出一张,放进留声机,开始播放。那是一段短号独奏,非常纯净、非常优美,曲名叫《家啊,可爱的家》。音乐奏响,房间里的五十个怪模怪样的人一动也不动,那位长官更是一直紧盯着梅林格。我看到梅林格的头一点点抬起,他的手也从纸袋旁退了回去。在最后一个音符结束前,谁也没有动。这时,荷马·P. 梅林格一把抓起那捆赃款,把它直接砸在了长官的脸上。

"'这就是我的回答,'机要秘书梅林格说,'明早还有另外的补充。我已经拿到你们这里每个人密谋造反的证据。晚会结束了,先生们。'

"'还有一个节目呢,'那位长官插嘴说,'依我看,你只是个用人,是总统雇来抄信和看门的。而我,是这里的长官。先生们,我以革命的名义,要求你们逮捕这个人。'

"那群乌七八糟的阴谋家把椅子朝后一推,一拥而上。我知道,梅林格失策了,他把自己的敌人都聚在一起,搞了这么一出群斗戏。我想,他还犯了另一个错误;但咱们就先不提了。依据梅林格的观点和判断来看,他对于捞钱的概念和我完全不同。

"那个房间只有一扇窗户一道门,而且都在远端。五十个疯狂的拉丁人一齐扑过来,阻碍梅林格执法。你可以说,我们有三个人,因为我和亨利不约而同地宣布纽约市和切罗基人都站在了弱者一方。

"然后,亨利·霍斯科勒激动得有些神志不清,也加入了战团,着实令人钦佩,显示出美洲印第安人的天赋智慧和纯真品性一经教化,有多大威力。他站起身,两手将头发向后一捋,就像小女孩在玩耍的时候那样。

"'你们俩,到我身后去。'亨利说。

"'这是要干吗啊,酋长?'我问。

"'我要带球冲锋了,'亨利用橄榄球的术语解释道,'他们那堆人别想实现阻截。跟紧我,拿下比赛。'

"接着,那个有文化的红种人嘴里发出一连串叫声,把那群拉丁人喝住了,让他们有了顾虑,踌躇起来。他弄出的动静仿佛是把卡莱尔印第安人的战吼和切罗基学院的助威合二为一了。只见他就像从小孩玩的弹弓里射出的一粒豌豆,朝那支巧克力色的队伍猛扑过去。他用右肘把那位长官撞翻在地,在人群中撞出一条通衢大道,那路宽得能让一个女人搬着一个梯子从中通过,还不会碰到任何东西。梅林格和我所要做的就是在后面跟着。

"我们只用了三分钟就离开了那条街,到达军队司令部附近,这里是梅林格的控制范围了。一名上校带着一个营的赤脚步兵出动了,跟着我们回到了音乐会的会场,但那帮叛徒都溜了。不过,我们还是以胜利的姿态收复了我们的留声机,然后收兵回营,一路播放一首叫作《对我来说,黑人都一样》的曲子。

"第二天,梅林格把我和亨利拉到一边,拿出一堆十块和二十块的美钞。

"'我想买下那台留声机,'他说,'我喜欢它在晚会上播放的最后一支曲子。'

"'那台机器值不了这么多钱。'我说。

"'是政府的支出,'梅林格说,'政府出钱买下这台音乐碾磨机,算挺便宜了。'

"我和亨利心里都清楚。我们知道,是这东西在荷马·P.梅林格马上要搞砸的时候挽救了他的事业;但我们不想让他知道我们知道。

"'现在,小伙子们,你们最好到南部海岸去避一避风头,'梅林格说,'等我把这里这帮家伙一锅端了再说。不然的话,他们会对你们不利。还有,如果你们碰巧在我之前见到了比利·伦弗鲁,告诉他,只要能问心无愧地弄到一笔钱,我就马上回纽约去。'

"我和亨利躲了起来,直到那艘轮船回来。我们看到船长的小艇靠上了海滩,就走过去,站在海边。一看见我们,船长就咧嘴笑了。

"'我说过你们会等着的,'他说,'那台能换汉堡的机器上哪去了?'

"'留在这儿了,'我说,'留下来播《家啊,可爱的家》。'

"'我早就告诉你们了,'船长重复道,'上船吧。'

"就这样,"凯奥说,"我和亨利·霍斯科勒把留声机引介到这个国家来了。亨利回了美国,我却在这片热带地区摸爬滚打,直到今天。他们说,自那以后,梅林格不管上哪去,都离不了他的留声机。我猜,无论何时,只要有人手里拿着用来贿赂他的钱,朝他使眼色,想诱他就范,那台机器就能让他想起他的职责。"

"我想,他把它带回家去,是想留作纪念。"领事说。

"可不是纪念,"凯奥说,"在纽约,他得要两台才够,还得日夜播放着。"

Chapter 7 钱之谜

安楚里亚的新政府在热火朝天的气氛里登了位，掌了权。它的头一项举措就是派一名代表去柯拉里奥，执行紧急密令，只要可能，就要尽力找回被倒霉的米拉弗洛雷斯从国库里掳走的那笔钱。

新任总统洛萨达的机要秘书埃米利奥·法尔孔上校，从首都被派出去履行这项重要使命。

对热带国家的总统来说，机要秘书这个岗位是极为要紧的。他得是个外交家，是个间谍，是个统治者，是首长的保镖，是对谋反和刚刚萌生的革命有敏锐嗅觉的人。他常常站在王座背后掌控实权，是政策的决定者；总统选择机要秘书比选择婚姻伴侣还要谨慎十倍。

法尔孔上校是个英俊文雅的绅士，有卡斯蒂利亚人礼貌和爽快的风范。他奉命来柯拉里奥，打算另辟蹊径，寻找那笔失去下落的款子。他和那里的军事当局进行了会谈，他们已经接到命令，要配合他做搜查工作。

法尔孔上校把他的指挥部设在卡萨莫雷纳酒店的一个房间里。一星期以来，那里被他用作临时审判席——仿佛他一个人就构成了一个意见统一的大陪审团——所有能提供证词，对解读这出财政悲剧有所启发的人都被传唤了，前总统的死亡和这出悲剧是同时发生的，但相比之下，就有些微不足道了。

有两三个人正在接受问询，其中就有理发师埃斯特班，他们都声称自己在那具尸体被埋葬以前，就已经确认他就是总统。

"千真万确，"埃斯特班在秘书大人面前力证，"是他，就是总统。想想看！——我给一个人剃胡子，怎么能不看他的脸？他叫我到一个小房间里给他修脸。他有一把又黑又密的胡须。我以前有没有见过总统？当然见过！有一回，我看到他在索利塔斯的雾气中乘坐马车前行。等我给他剃完胡子，他给了我一枚金币，要我别说出去。但我是个自由主义者——我忠于我的祖国——所以，我把这些事告诉古德温先生了。"

"大家都知道，"法尔孔上校温和地说，"已故的总统随身带着一个美国皮箱，里头有一笔巨款。你看到那东西了吗？"

"说实话——没看到，"埃斯特班回答，"那小房间只靠着一盏小油灯照明，就着这点光，我只能给总统剃胡子而已。可能是有那么个东西，可我没看到。确实没啊。那房间里还有一位年轻女士——一位非常美丽的小姐——哪怕只有那么一点光,我也看得清楚分明。但是钱,或者装钱的东西,我都没看见。"

那位部队指挥官和其他军官都表示,他们被外宾旅馆的一声枪响惊醒了,然后有人拉响了警报。为了维护共和国的和平与尊严,他们连忙赶到现场,发现有个人死在那儿了,手里还握着一支枪,身边还有一位年轻女子,正号啕大哭。他们冲进去的时候,古德温先生也在那个房间里。但装着钱的手提箱,他们可没看见。

"早晨的狐狸"游戏是在一家旅馆里结束的,旅馆老板娘蒂莫提·奥娣斯太太介绍了那两位客人是怎样来她的旅馆投宿的。

"他们来我的房子住,"她说,"一位先生,岁数不算大;一位小姐,貌美如花。他们不要吃的,也不要喝的——连我的白兰地都不要,那可是最好的货色。他们上楼,进了房间——九号房和十号房。后来,古德温先生来了,他上去找他们谈话。接着,我就听到一声巨响,有加农炮那么响,他们说可怜的总统自杀了。好吧。我没看到钱,也没看到您说的那个他用来装钱的行李箱。"

法尔孔上校很快就得出了一个合情合理的推论:如果在柯拉里奥,还有人能够提供那笔失款的线索的话,那人非弗兰克·古德温莫属。但机智的秘书要采用另一种办法从美国人那里套取信息。对于新政府来说,古德温是个强大的朋友,他的胆识和他的正直有口皆碑,容不得慢待。即便是总统阁下的机要秘书也不敢把这位橡胶大王和桃花心木巨头当作普通的安楚里亚公民一样拉来问话。所以,他给古德温发去一封辞藻华丽的手书,以求拜谒之幸,信中的每一个词都是一片淌着蜜的花瓣。古德温作了回复,邀他来自己家中共进晚餐。

还没到约定的时间,这美国人就踱步来到卡萨莫雷纳酒店,坦率而友好地问候了他的客人。之后,两人一起,沐浴着午后的凉爽空气,向古德温位于郊外的家漫步而去。

美国人表示抱歉,说自己要失陪几分钟,就把法尔孔上校留在了一个阴凉的大房间里,在他们脚下,经过精工镶嵌的木地板被擦得锃亮,会让任何一个美国的百万富翁艳羡不已。古德温穿过一个被设计巧妙的篷布和植物荫蔽着的露台,步入一个位于这栋房子另外一侧、能够俯瞰大海的长条形房间。宽百叶窗大敞着,轻柔的海风淌过房间,犹如一股凉爽、清新的无形山泉。古德温的妻子坐在一扇窗前,正在绘制一幅午后海景的水彩写生。

看来,这是一个幸福的女人。不但如此——看来,她还很满足。若有哪位诗人被激起了灵感,要描写她的美态,他会将她那眼白围绕着灰色虹膜的、盈盈欲滴的清澈双目比作月光花。但凡有点眼光的打油诗人,都不会拿那些被传统赋予了魅力、被固化为冷冰冰的经典的仙女们与之相比。她的美全然属于上帝的天堂，与奥林匹斯山毫无关系。如果你能想象被驱逐之后，蛊惑了热血的骑士为之搏命，并护送她安然返回乐园的夏娃，那么你也就想象出她的样子了。看上去，古德温夫人就是如此具有人性，又与伊甸园如此相配。

在她丈夫进屋时，她抬头看他，嘴角一翘，双唇张开了。她的眼皮兴奋地眨了两三下——她的表情让人想起（请诗人们原谅！）一只忠诚的狗在摇尾巴——接着，她的身体里泛起了一丝涟漪，就像垂柳随一阵微风轻晃。每回察觉他走近她，她都会这样表示，每天总得有二十次。在柯拉里奥，人们有时会在酒桌上添油加醋地说起那些风趣的故事，涉及伊莎贝尔·吉尔伯特的放荡过往，如果在那天下午，他们能看到弗兰克·古德温的妻子如何在可敬的氛围中过着幸福的婚姻生活，那么，他们也许就不再相信，或不再记起那些有关她的人生的绘声绘影的描述，他们的总统为了这个女人丢了江山，也丢了荣誉。

"我带了一位客人来一起吃晚餐，"古德温说，"是从圣马提奥来的法尔孔上校。他是公派来办事的。我想你不会乐意见到他，所以替你想好了一个既方便又合理的借口，就说你的头疼病犯了。"

"他是来调查那笔失踪的款子的，对吗？"古德温夫人问道，手上还在继续画画。

"猜对了！"古德温确认道，"他审一帮当地人，已经审了三天了。我在他的下一批证人名单上,但他又不好意思把一个山姆大叔[1]的子民硬拽到他跟前去,所以,就给它包装成社交聚会的样子。他要吃我的,喝我的,同时还来折磨我。"

"他查到有什么人看到那个装钱的箱子了吗?"

"一个活人也没有。就连在辨认税务人员时眼光独到的奥娣斯太太,也不记得行李的事了。"

古德温太太放下画笔,叹了口气。

"我很抱歉,弗兰克,"她说,"都是因为那笔钱,他们才要来找你的麻烦。不过,我们不能让他们知道,对吗?"

"那对我们的智商可是极大的侮辱,"古德温微笑着,学着当地人的样子耸了耸肩,"尽管我是个美国人,可如果他们知道咱们拿走了那个行李箱,半小时之内就会把我投进监狱。不,对于那笔钱,咱们必须跟柯拉里奥那群无知之辈表现得一样无知。"

"你觉得,他们派来的这个人会不会怀疑到你的头上?"她微微皱着眉头,问道。

"他最好不要,"美国人漫不经心地说,"幸运的是,除我之外,没人看到那箱子。枪声响起的时候,我在那个房间里,可以说,这件事我一时脱不了干系,他们想从我这里调查并不让人意外。但也没理由慌乱。把这位上校请来用过一顿丰

---

[1] 山姆大叔,美国的绰号和拟人化形象。

盛的晚宴,再来点美国式的'唬人'作为饭后甜点,我看这事也就该了结了。"

古德温太太起身走到窗前。古德温跟着走过来,站在她身边。她倚靠着他,栖息在他的力量的庇护之下;自从那个漆黑的晚上,他开始将自己挡在她身前,充当她的避难所之后,她就一直这样倚靠着他。他们就这样站了一小会儿。

疯长的热带植物的枝、叶、藤,在他们面前被巧妙地剪出一个能够直接望见远景的通道,一端能清楚地看见柯拉里奥郊外红树沼泽的浅滩,朝另外一端望去,能看见坟墓,还有烙着可怜的米拉弗洛雷斯总统名字的木牌。古德温太太总是望着那座坟头。下雨时,从这扇不得不因之而关起的窗户;放晴时,从古德温家水果田里那片碧绿荫郁的坡地,她望着它,带着一种温和的伤感,而这份伤感如今已不能给她的幸福制造丝毫破绽。

"我那么爱他,弗兰克!"她说,"即使在那次可怕的逃亡和那个悲惨的收场之后,还是如此。而你又对我这么好,让我这么幸福。这所有的一切构成了一个奇怪的谜。如果他们发现咱们拿了那笔钱,你觉得,他们会逼你全数归还政府吗?"

"他们肯定得试试,"古德温回答,"你说这是个谜,说得没错。在事情自然解决之前,对于法尔孔和他的国民们来说,这件事必须一直是个谜。你和我,知道的比其他人多,但也只掌握了一半情况。关于那笔钱的事,咱们不能让一丁点风声走漏出去。就让他们以为总统在半路上把它藏在山里了，或者在到达柯拉里奥之前，已经设法用船运到国外去了。我不认为法尔孔会怀疑我。他奉了上命，来做一次缜密的调查，但他什么也查不出来。"

他们就这样交谈着。在他们谈到安楚里亚国库的那笔失款时，若有任何人正监听或监视他们，那也无非会遇上第二个谜。因为从他们的脸上，从他们的举止中——如果表情值得相信的话——撒克逊人的诚实、尊严和高尚的思想显露无遗。古德温沉着的目光和坚定的面容，由融合了仁慈、慷慨和勇气的灵魂浇铸而成，与他的言语没有任何矛盾之处。

至于他的妻子，即使他们正谈着什么不体面的事情，她的面相也是无可挑剔的。她的外表高贵，目光纯洁。从她表现出的爱意之中，甚至看不出时不时让一个女人出于爱情而可悲又伟大地为她的情侣分担罪孽的那种情感。不，在这里，眼见与耳闻之间存在错位。

古德温和他的客人在露台上，在草木的阴凉里共进晚餐。美国人因为古德温太太的缺席恳请杰出的秘书先生谅解，他说她有点热感冒，觉得头疼。

饭后，按照惯例，他们仍旧留在桌边喝咖啡，抽雪茄。法尔孔上校以地道的卡斯蒂利亚式的圆滑，耐心地等待主人先给他们此次会面要讨论的问题起个头。他没有等很久。雪茄刚一点上，美国人就进入了正题，向秘书询问他在镇上的调查是否收获了关于失款的线索。

"还没找到任何一个见过那箱子或者钱的人,"法尔孔上校承认道,"我还得再加把劲。首都那边已经证实,米拉弗洛雷斯总统从圣马提奥出发时,带着属政府所有的十万美元公款,与歌剧演员伊莎贝尔·吉尔伯特小姐结伴同行。无论是官面上,还是私底下,政府都不愿相信这件事,"法尔孔上校笑着总结道,"以我们那位已故总统的品性来看,那两样作为超重的行李,使他的逃亡之路不堪重负的可爱物件,哪一样他都不肯在半道上放弃的。"

"我想,你会愿意听听我对这件事有什么可说的,"古德温直截了当地说,"用不了几句话。"

"那天晚上,我和我们在这儿的其他朋友一起做警戒工作,在那之前,通过我们在首都的一位领袖——恩格尔哈特发来的电报通知,我们已经得知总统逃亡了,所以就在这儿候着他。十点钟左右,我看到一男一女在街上匆忙走过。他们进了外宾旅馆,开了房间。我跟他们上了楼,让埃斯特班留在外面负责看守。那理发师告诉我,当天晚上他给总统刮过胡子;所以,当我走进房间的时候,心里已有准备,知道那位的脸该是光滑的。就在我要以人民的名义逮捕他的时候,他立即掏出手枪自杀了。才几分钟,现场就挤满了许多官员和百姓。我想,后来发生的事你应该都弄清楚了。"

古德温停了下来。洛萨达的代表仍旧保持着倾听的姿态,仿佛还在期待着下文。

"现在,"美国人直视着对方的眼睛,一字一顿,斩钉截铁地继续说道,"我要再补充几句,还请留心听好。我没看到手提箱或任何一种能装钱的东西,更没看到任何属于安楚里亚共和国的财物。无论米拉弗洛雷斯总统在逃亡时带走了属于这个国家的国库、属于他自己或是属于任何其他人的钱财,反正我是没看见。在那间房子里,或者别的地方,在那个晚上,或者别的时候,我都没看见。这个说明是不是已经能够回复你打算对我作出的所有询问?"

法尔孔上校鞠了一躬,用他的雪茄划出一道流畅的弧线。他已经履行了职责。古德温是无可非议的。他是政府的可靠后盾,享有新总统的全权信任。他的正直是他在安楚里亚发财的资本,正如米拉弗洛雷斯的秘书梅林格,也是靠着正直维系着有利可图的"活计"。

"我要感谢你的坦率,古德温先生,"法尔孔说,"你的话在总统那里也交代得过去了。不过,古德温先生,我接到的命令是追查这宗案子的每一条可能的线索。可有一条我还根本没挨着呢。我们在法国的朋友说过一句话,先生,碰上没有线索的神秘事件,就'找女人'。但在这里,我们不需要找。和总统结伴逃亡的那个女人肯定——"

"我只能打断你了,"古德温插嘴说,"在我走进那家旅馆试图拦截米拉弗洛雷斯总统的时候,我确实见到了一个女人。

我想请你留意，那个女人现在是我的妻子。我可以代她说话，就像我为自己说话一样。关于你在寻找的那个箱子或是那笔钱的下落，她一概不知。请转告总统阁下，我担保她是清白的。我不希望她受盘问、被打扰，法尔孔上校，关于这一点，我想我不需要再对你啰嗦了。"

法尔孔上校又鞠了一躬。

"当然不需要！"他叫道。接着，为了表示调查到此为止，他还特别添了一句："现在，先生，请您带我去您提过的那条走廊去看看海景。我是个爱慕大海的人。"

入夜之后，古德温陪他的客人走回镇子，一直走到了大街的拐角。就在他转头回家的时候，一个外形吓人、表情却写满奉承的人，满怀希望地从一家酒馆门前向着他迎面走来。这人叫"堕天使"布莱斯。

为了说明他的一落千丈，大伙儿将"堕天使"这个雅号赠给了布莱斯。在某个遥远的"失乐园"，他曾和俗世之中的诸多"天使"交相辉映。但自从命运把他以倒栽葱的姿势掼进这片热带地区，它在他胸中点燃的火焰几乎再未熄灭过。在柯拉里奥，人们说他是个海滩流浪汉；但事实上，他是个绝对意义上的空想家，试图以白兰地和朗姆酒涂改无聊的人生真谛。正如堕天使本人在那次万劫不复的坠落中，还能在失去意识的情况下攥紧他的竖琴或冠冕，与他同名的这个人也牢牢地抓住了他的金边眼镜，将之作为仅有的纪念，为那个业已失去的身份作证。当他在海滩上闲逛，向他的朋友们榨取过路费的时候，就戴着这个引人注目的、别具一格的玩意儿。靠着某种神秘的手段，他总能把那张被酒意染红的脸修得光溜溜的。另外，无论碰上谁，他都能漂亮地敲人家一竹杠，让自己保持在酣醉之中，同时还能找个地方避过雨水和夜露的滋扰。

"你好啊，古德温！"这叫花子快活地喊道，"我正想去找你呢。我特想见你。不如咱们找个能说话的地方坐坐吧。你肯定知道有个家伙上这儿来调查米拉弗洛雷斯弄丢的那笔钱了吧。"

"是的，"古德温说，"我刚跟他谈过。咱们去埃斯帕达酒家吧。我给你十分钟时间。"

他们走进酒店，找到一张小桌，坐在旁边的皮面凳子上。

"喝一杯吗？"古德温说。

"我就嫌他们上酒上得慢，"布莱斯说，"我从早上一直渴到现在。嗨——伙计！给这边来份白兰地。"

"那么，说吧，你找我有什么事？"酒摆到他们面前的时候，古德温问道。

"别扫兴啊，老兄，"布莱斯慢条斯理地说，"这么宝贵的时光，干吗要让这些正经事给搅和了。我找你是为了——唉，还是这个更要紧。"他一口喝干了他的白兰地，然后意犹未尽地望着空酒杯。

"再来一杯？"古德温建议道。

"作为一位绅士，"这位堕落天使说，"我不太喜欢你这么说。不太文雅。不过这话表达的意思倒不坏。"

酒杯又斟满了。布莱斯满足地小口啜饮着，开始逐渐进入地道的空想家的境界。

"一两分钟之内我就得走了，"古德温提醒他，"有什么特别的事情要跟我说吗？"

布莱斯没有马上回答。

"老洛萨达会把他的国家变成那个人的刀山火海，"他终于说道，"我指的是那个从国库偷走一手提包赃钱的人，你觉得呢？"

"毫无疑问，他会的。"古德温镇定地表示同意，同时从容地站了起来。"我现在要赶回家去了，老兄。古德温太太很孤单。你没什么重要的事要说了，对吗？"

"我说完了，"布莱斯回答，"只是，你不介意在出去的时候，叫吧台再送一杯酒过来吧？老埃斯帕达已经不做我的生意了，连赊欠都算坏账了。你能行行好，帮我都结清吗？"

"没问题，"古德温说，"晚安。"

"堕天使"布莱斯继续徜徉在杯盏之间，另外还拿出一块肮脏的手帕擦他的眼镜。

"我以为我能做到，但我不能，"过了一会儿，他喃喃自语道，"作为一个绅士，不能敲诈一个跟他一起喝酒的人。"

Chapter 8 海军上将

泼翻的牛奶没让安楚里亚政府掉几滴眼泪。[1] 奶源多得是;时钟的指针永远停在挤奶的时刻。甚至,被鬼迷心窍的米拉弗洛雷斯从国库刮走的那厚厚一层奶油,也没让新一茬的爱国志士们浪费时间,耽于悔憾。政府明智地着手填补亏空,一方面增加关税,另一方面"建议"富有的私营业主本着自愿的原则捐献财产,以此判断他们是否是爱祖国、守本分的良民。在新总统洛萨达的任期内,繁荣的前景指日可待。那些失势的官员和军队将领组织了一个新的"自由主义"党,开始谋划,打算东山再起。安楚里亚的政治游戏就这样再次启动,就像中国的谐剧,你方唱罢我登场,有条不紊地进行着。笑神时不时地在这里那里闪现一个瞬间,华丽的故事线索在

---

1 这个句子改写自谚语:"泼翻了牛奶哭也没用。"

他的翅膀和辉芒中隐现。

总统和他的内阁成员在一个非正式的座谈中,以十几夸脱香槟为引子,推出了建立海军和任命费利佩·卡雷拉为海军上将的决议。

对这项决议出了大力的,除了香槟之外,就属新近上台的军政大臣堂萨巴斯·普拉西多了。

总统召集内阁会议,为的是商讨政治问题和处理某些例行的国务。议程乏味至极;枯燥无比的事务吸干了数量惊人的酒水。生性滑稽、好恶作剧的堂萨巴斯,突然被本能驱使着,以一个令人愉快的玩笑,给过于严肃的国家大事添了点幽默的佐料。

在冗长的议事流程中,插进了海事部门呈交的一纸公文,汇报的是柯拉里奥镇上的海关人员在近海查获了"夜之星号"单桅帆船及船上的货物——包括纺织品、专利药、砂糖和三星白兰地,此外还有六支马提尼步枪和一桶美国威士忌。因为在走私时被当场抓获,依照法律,船与货都被收归国有。

海关司长在做汇报的时候,打破了惯例,建议将罚没的船只改装后交由政府再行利用。海关部门刚刚立下大功一件,在最近十年当中也是首屈一指。司长得抓住机会,替他的部门挣点面子。

政府官员常常需要从沿海的某一地去往另一地,可往往缺少交通工具。此外,还可以派可靠的船员驾驶单桅帆船,作为海岸警备队的成员，打击罪恶的走私活动。司长还大胆地举荐了一个值得信赖的管理船只的人选——是柯拉里奥的一个名叫费利佩·卡雷拉的年轻人——他提前声明，这人并不特别聪明，但很忠诚，而且是沿海一带的顶尖水手。

受此启发，军政大臣演了一出罕见的闹剧，将沉闷的行政会议也变得活泼起来。

在这个出产香蕉的小型海滨共和国的宪章当中，有一项被遗忘的条款，为筹建海军留出了军费。这项规定——和其他许多更为贤明的规定一样——自从共和国成立以来就一直被封存在惰性当中。安楚里亚没有海军，也用不着海军。堂萨巴斯依自己的个性行事——这是个博学的、异想天开的、不拘一格的、及时行乐的人——惊起了蒙在发霉沉睡的条款之上的灰尘，逗得他那些宽容的同僚们如此开怀，给这个世界的幽默事业做出了贡献。

带着令人捧腹的假正经，军政大臣提议组建一支海军。他如此欢快、如此机智、如此热情洋溢地论证此举的必要性和可能造就的荣耀，以至于这出滑稽戏竟凭着它的幽默征服了洛萨达总统威严的黑脸膛。

香槟在这帮善变的政客们的血管里狡猾地冒着泡。安楚里亚严肃的政府首脑们并没有以饮酒来活跃会议气氛的风习，这种做法容易给应当清醒对待的事务蒙上一层醉态。酒是维苏威水果公司的代表为了体现公司和安楚里亚共和国的友好关系——也为了某些已经成交的买卖——而精心准备的一份赠礼。

玩笑开到了尾声。一份气冲斗牛的公文被写就了,用彩色的火漆封口,用飘舞的丝带装饰,再盖上华丽的国家公章。这是一份委任状,任命堂费利佩·卡雷拉先生为安楚里亚共和国的护旗海军上将。就这样,在几分钟的会议间隙里,在一打"特干型"香槟的支配下,这个国家便跻身于世界海军强国之列,而费利佩·卡雷拉则成了一个有资格在驶进海港时享受十九响礼炮致敬的大人物。

南方的种族不具备那种独特的幽默感,没法把自然施与人间的缺陷和不幸拿来取乐。由于这种结构性的欠缺,他们不能像他们的北方兄弟一样,被畸形、低能和疯癫的奇观逗得乐不可支。

费利佩·卡雷拉只带了一半理智来到这个世上。因此,柯拉里奥人叫他"El pobrecito loco"——"可怜的小疯子"——还说上帝只把他的一半送到人间,把另外一半给扣下来了。

费利佩是个阴沉的年轻人,神情严厉,极少说话,所以只是个消极的"疯子"。在岸上,他通常拒绝与人往来。他似乎知道,陆地上有太多需要了解的东西,而"了解"是他的缺陷所不允许的;但是在水上,他就能凭着仅有的一项天赋与多数人一较高下了。只有上帝专注且周全地创造的少数水手,才能像他那样掌控船只。他驾驶帆船时离风很近,甚至比最好的水手还近五个方位。在水与风大发雷霆，让其他人瑟瑟发抖的时候，费利佩的缺陷似乎变得无关紧要了。他不是个完美的人，却是个完美的水手。他没有自己的船，只是和一群船员们一起，专在沿海行驶的纵帆船和单桅船上打工，在没有港口的地方替停泊在近海的轮船运送和装载水果。之所以能被司长举荐为监管被查获的单桅船的适当人选，一方面是凭着他在海上的技巧和胆量，另一方面则是凭着用精神缺陷博得的同情。

当堂萨巴斯的小玩笑结出的果实，以一封既堂皇又荒唐的公文的形式被送达的时候，司长笑了。他没料到自己的推举竟能得到如此迅速、如此有力的反馈。他立刻派了一名小厮去接未来的海军上将。

司长在他的办公室里候着。他的办公地点在大街上，海风整日将窗户吹得嗡嗡直响。司长穿着白亚麻布衣服和帆布鞋，和摆在古董桌上的文件厮混在一起。一只在笔架上歇脚的鹦鹉，嘴里爆出一串卡斯蒂利亚语的诅咒，以此调剂官方特有的单调乏味。有两个房间与司长的办公室相通。一间里面有几个肤色深浅不一的年轻办事员，正积极高调地处理各自的公务。从另一道敞开的房门望进去，可以看到一个古铜色皮肤的小娃娃，光溜溜的，在地板上打滚玩耍。一个浅柠檬色皮肤的苗条女子躺在草编吊床上，拨弄着一把吉他，悠然自得地随风轻晃。高屋建瓴的公共事业环绕左右，称心如意的家庭生活近在眼前，加之还有亲手令"天真的"费利佩飞黄腾达的权力，司长心中深感快乐。

费利佩来到了司长面前。这是个二十岁的小伙儿，长得不招人讨厌，但神情冷漠，心不在焉。他下身穿着一条白色棉布裤——还似是而非地学着军装的样式，自己在裤缝上缀了一根红布条；上身穿着一件薄薄的蓝衬衫，敞着领口，赤着双脚，手里拿着一顶美国产的廉价草帽。

"卡雷拉先生，"司长严肃地说，同时出示那张华丽的委任状，"我请你过来，是奉总统之命。我递给你的这份公文，将这个伟大共和国的海军上将军衔授予你，也将我国的海军和舰队的指挥权交给了你。费利佩老弟，你可能以为，咱们没有海军——但我们有！我手下英勇的弟兄们从沿海走私团伙手里缴获的'夜之星号'单桅帆船，现调拨给你管辖。那条船被征用了，将为你的祖国效力。要随时准备好，有政府官员要去沿海某地作公务访问，你就要负责接送。你还要扮演海岸警卫的角色，尽可能阻击不法走私。你要提升你的祖国在海上的荣誉和威名，努力让安楚里亚进入世界上最显赫的海军强国之列。以上就是军政部长委托我代他们传达给你的命令。看在上帝的分上！我可不知道怎么才能完成，因为在他的来信当中，关于人员和军费的事情，一个字也没提。也许你可以招募你自己，作为第一个船员，海军上将先生——我也说不上来——不过，刚刚降临在你头上的，可是一项非常崇高的荣誉！现在，我把你的委任状交给你。等你做好准备，我就下道命令，把那条船调拨给你掌管。我要传达的指示就这么多了。"

费利佩接过司长递给他的委任状。有一会儿，他从敞开的窗户里凝望着大海，脸上带着他通常都有的那种一半沉思、一半茫然的表情。然后，他转过身，一言不发，踏着街上火烫的沙子快步走远了。

"可怜的小疯子！"司长叹息道。笔架上的鹦鹉尖叫着："疯子！——疯子！——疯子！"

第二天早上，一支奇奇怪怪的队伍在街道上鱼贯而过，向司长的官署走去。为首的正是海军上将。费利佩不知从哪里凑齐了一堆可怜巴巴的行头充作军装——一条红裤子、一件装饰了大量金穗带的脏兮兮的蓝色短外套、一顶疲疲沓沓的旧大檐帽，肯定是先被伯利兹的英国士兵丢掉，又被沿海航行的费利佩给捡回来的。他的腰上还挂了一把古代人在船上用的那种弯刀，是面包师佩德罗·拉菲特赞助的装备，这人夸口说刀是从他那位威名赫赫的海盗先祖[1]那里继承来的。紧跟在海军上将身后的，是他的新船员——三名咧嘴憨笑、满脸油光的加勒比黑人，光着上身，赤着双脚，蹦蹦跳跳，把沙子踢得像雨点一样四处泼溅。

---

[1] 海盗先祖，指十九世纪初活跃于墨西哥湾一带的大海盗让·拉菲特。

费利佩直截了当地、威风凛凛地要求司长把船交给他。如今，还有一项新的荣誉等着他。司长的太太，整天躺在吊床上弹吉他、看小说，在她那祥和的黄色胸脯中，存放着不止一点浪漫元素。她在一本旧书里找到了一幅据说是安楚里亚海军军旗的旗帜图样。也许是建国元勋们为海军设计的；但是，由于海军从未得以建立，遗忘的阴影就吞没了这面旗。她照着图样，大费周章，亲手绣好了锦旗——以蓝白两色为底，上面再加个红十字。把旗送给费利佩时，她这样说道："勇敢的水手，这面旗代表你的祖国。要忠诚于它，用你的生命保卫它。上帝与你同在。"

一丝激动之情在海军上将的脸上一闪而逝，自从他就任以来，这还是头一次。他接过这件柔滑的象征物，毕恭毕敬地摸了摸旗面。"我是海军上将。"他对司长的妻子说。在陆地上，他无力作出更为浓烈的情感表达。到了海上，把旗子升到军舰的桅顶之后，某些更为动人的豪言壮语可能就会层出不穷。

海军上将和他的船员们仓促离开了。接下来的三天，他们忙着翻新"夜之星号"，给它刷了白漆，描了蓝边。此外，费利佩还在他的帽檐上别了几根鹦鹉羽毛作为装饰。之后，他又带领他的忠诚的船员们，步履铿锵地走到司长的官署，正式通知他，那艘单桅帆船已经更名为"国家号"。

之后的几个月里，海军陷入了麻烦。如果没有任何命令，哪怕是一位海军上将,也不知道该干些什么。但就是没有命令。也没有薪水。"国家号"抛了锚,懒洋洋地在海上晃荡。

当费利佩的那一丁点存款被耗光的时候,他去找司长,提出了财务方面的问题。

"薪水?"司长摊开双手,叫道,"老天啊!最近七个月以来,我自己可也是一个子儿都没领到。你问的是海军上将的薪水吗?谁知道?不到三千比索吧?等着瞧!在这个国家,你很快就会见证一场革命。当一个政府只知道讨要比索、比索、比索,自己却一毛不拔的时候,这种征兆就很明显了。"

离开司长官署的时候,费利佩阴郁的脸上挂着一副几乎称得上心满意足的表情。革命意味着打仗,到那时政府就用得着他了。身为一位海军上将,无事可做是十分可耻的,何况还有一队嗷嗷待哺的船员钉在身后,总要讨几个小钱去买芭蕉和烟草。

当他回到那几个逍遥自在的加勒比人等着他的地方,他们就照他在训练中要求的那样跳起来行礼。

"过来,小伙子们,"海军上将说,"看来,政府穷得够呛,没钱给咱们了。咱们得自己挣钱养活自己。这样做,也是为祖国出力。很快,"——他呆滞的双眼几乎在闪光——"它会很乐意找咱们帮忙的。"

从此以后,"国家号"就与其他沿岸的船只一道出海找活儿,自力更生了。它和那些驳船一起,将香蕉和橘子运到那些无法在离岸一公里以内停泊的水果轮船上。一支自给自足的海军无疑在任何国家的预算表里，都应当被着重标示出来。

等运货赚来的钱足够他和船员们一周的给养之后，费利佩叫海军靠了岸，然后就去小电报所里待着了，就像一个破产的滑稽歌剧团的合唱队员，整天堵在经理的房间里。他的心里始终期盼着首都发来的命令。没人需要他履行海军上将的职责，这伤了他的自尊心和爱国心。每次有电报进来，他都要一本正经又满心期待地询问报务员。当班的负责人会假意翻寻一会儿，然后回复他："看起来，还没到，海军上将先生——就快啦！"

船员们在外边的菩提树下乘凉，嚼着甘蔗或者打着盹，为能为这个只需出一点力就能满足的国家出力而感到十分满足。

初夏的一天，司长曾预言的革命突然爆发了。事实上，它郁积已久。第一声警报响起时，海军上将即统率所有军力和舰艇，驶往沿海邻国的大港口，拿匆忙收来的一批水果换来了等值的弹药，配给了海军仅有的可资夸耀的军备——五支马提尼步枪。然后，海军上将飞奔到电报所，身着那套快要烂掉的制服，瘫倒在他最喜欢的角落里，将那把古怪的军刀杵在两条红色的裤腿之间，等待着已经延误了很久，但如今即将到来的命令。

"还没有,海军上将先生,"报务员仍将这样招呼他,"就快啦!"

听到这个答复,海军上将会重重地跌坐在地上,伴着刀鞘撞击地面的一声巨响。他会继续等待桌上那台小小的仪器发出并不常有的滴答声。

"会来的,"他还会给出那句不可动摇的回答,"我是海军上将。"

Chapter 9　旗帜至高无上

带领叛党揭竿而起的人是南方共和国的赫克托尔[1]和博学的底比斯人堂萨巴斯·普拉西多[2]。他是一位旅行家，一位军人，一位诗人，一位科学家，一位政治家，以及一位鉴赏家——令人惊讶的是，他竟能偏安于本国，满足于乏善可陈的生活。

"普拉西多只是一时兴起，"一个跟他很熟的朋友说，"才玩起了政治把戏。这和他偶然发现一种新节拍，一种新细菌，一种新香型，一种新诗韵，一种新炸药都没什么不同。他会榨干这场革命的所有激情，再过一星期，就把它忘得一干二净，然后他就乘上他的双桅船出海，去做环球旅行，给他早已举

---

[1] 赫克托尔，荷马史诗《伊利亚特》中的重要人物，特洛伊的王子，也是本方最强大的勇士。
[2] 底比斯是古埃及最伟大的城市，象征文明的巅峰。将普拉西多比作底比斯人，大概意在说明他喜欢怀古、拽文。

世闻名的收藏添上新品。你问是什么收藏?天知道!从邮票到史前石像,什么他都要!"

然而,虽说只是玩票,品味独到的普拉西多制造的动静似乎不小。人民敬仰他,为他过人的才华而着迷,也为他竟会青睐他们这样一个弹丸小国而深感荣幸。他们响应号召,聚集在他在首都的帮手们身边,那里的军队(不知为何,总之事与愿违)仍旧效忠于政府。沿海城镇也冲突频发。传闻革命是由维苏威水果公司赞助的,就是那个总是站在那里,挂着呵责的笑容,举起手指要安楚里亚做个乖孩子的权威角色。它旗下的两艘货轮,"旅行者号"和"萨尔瓦多号",被人发现在沿海各地运送叛军。

在柯拉里奥,起义尚未实际发生。实行军事戒严之后,动乱暂时被抑制住了。接着,革命遭到重挫的消息从四面八方传来。在首都,总统一方大获全胜;还有谣言说,叛党的领袖们已被迫逃亡,军队还在穷追猛打。

总有一群官员和热心市民聚在柯拉里奥的小电报所里,等着从各地政府发来的新通报。一天早上,电报机的键盘开始咔嗒直响,不久,电报员大声呼叫:"有一封给海军上将堂费利佩·卡雷拉先生的电报。"

先是传出一阵窸窸窣窣的声音,接着是铁皮刀鞘撞击地板的巨响,海军上将从窝着的地方迅速起身,几个箭步跑过房间,去收电报了。

拿到了电报，他摸索着自己接收的第一道正式命令，慢慢地把它读了出来——内容如下：

速将船驶往鲁伊兹河口，装运牛肉和粮食去阿尔弗兰军营。

马尔提尼斯将军

祖国的第一次召唤，固然算不上多大的光荣。但它到底还是发出了召唤，海军上将的胸中洋溢着欣喜。他紧了紧弯刀的皮带，把带扣往里收了一格，喊醒正在打盹的船员，不到一刻钟的功夫，"国家号"便顶着一成不变的内陆风，沿着海岸疾速驶去。

鲁伊兹河是一条在柯拉里奥下方十英里处入海的小河。靠近海岸的河段十分孤寂荒凉。汹涌的激流穿过科迪勒拉山脉中的峡谷，凛冽、喧腾，滑向远方，最后舒展开来，从容地掠过一片冲积泥沼，汇入了大海。

不到两个小时之后，"国家号"就进入了河口。河岸被茂密的树木挡得严严实实。繁盛的热带灌木丛充溢了这块陆地，直至将自身淹没在凝滞的水中。单桅船无声无息地进来，又与更深沉的寂静相遇。绚丽耀目的绿叶、红花、赭石，衬托出荫翳的鲁伊兹河河口，除了入海的水流冲着船头潺潺而过，这里就没有会响的，也没有会动的了。在这样的空茫避世之所交接牛肉和粮食，看似机会渺茫。

海军上将决定抛锚靠岸，锚链的鸣响立刻在林中激起一片躁动的回声。刚刚，鲁伊兹河口只是睡了片刻早觉。鹦鹉和狒狒在树丛里尖叫咆哮；一阵呼呼、嘶嘶和隆隆声响起，说明动物已经苏醒，森林有了生命；一个深蓝色的大家伙一晃而过，原来是一头受惊的貘在藤蔓之中奋力开路。

海军遵照命令，在小河的河口等了几个钟头。船员们做了一顿晚饭，有鱼翅汤、芭蕉、蟹肉秋葵和酸葡萄酒。海军上将则举着三英尺长的望远镜，密切观察着五十码外密不透风的浓荫。

将近日落的时候，从他们左边的树林里传出一阵激荡的回声："喂！"在他们作出回应之后，三个骑着骡子的男人从一堆纠缠难解的热带植物里撞了出来，跑到距离河岸最多十来码远的地方。他们在那儿下了骡子；一个人解下皮带，用刀鞘在每头骡子身上都狠狠地敲了一记，于是，它们回头扬蹄急奔，又冲进了森林里。

那是几个看起来跟运送牛肉和粮食扯不上关系的人。其中一个身材高大且充满活力，十分引人注目。他是个典型的纯种西班牙人，一头斑驳的黑色卷发，闪闪发亮的蓝眼睛，有种显而易见的大人物的派头。另外两人都是小个子，棕色脸膛，穿白军装和高筒马靴，还配了军刀。三个人的衣服都湿透了，溅满泥污，被带刺的灌木挂得褴褛不堪。一定有某种咄咄逼人的厄运，撵着他们越过洪水、泥潭和莽林。

"喂！海军上将先生，"那大个子招呼道，"划条筏子过来。"

筏子入了水，费利佩带着一个加勒比人朝着左岸划了过去。

大个子站在河边，腰部以下都被缠结的藤蔓埋没了。他盯着立在船尾的那个衣着寒酸的人物，变幻不定的脸上露出了饶有兴味的笑容。

在没人发钱也没人理睬地服役了几个月之后，海军上将已经风光不再了。他的红裤子破破烂烂，缀满补丁。短外套上那些亮闪闪的纽扣和黄色穗带已经所剩无几。残破的帽舌几乎盖住了眼睛。海军上将的脚上什么也没穿。

"亲爱的海军上将，"大个子叫道，嗓音嘹亮，像号角发出的一声爆响，"向你致敬。我知道，你的忠诚可靠是毋庸置疑的。你接到马尔提尼斯将军发的电报了吧。把你的筏子划近一点，亲爱的海军上将。这些该死的爬藤摇摇晃晃的，我们站在上面真有些提心吊胆。"

费利佩用一副呆相回应了来人的问候。

"粮食和牛肉，送去阿尔弗兰军营。"他把电报的内容复述了一遍。

"牛肉没来这儿等你，我的海军上将，不是屠夫的错。不过你来得正是时候，还能救下几头牲口。来接我们上船吧，先生。赶快，各位大人，你们先上！然后再回来接我，筏子太小了。"

筏子把两个官员送上了帆船，然后回头去接大个子。

"你那里有什么能吃的东西没有，好心肠的海军上将？"上船的时候，他叫道，"或者，还有咖啡？牛肉和粮食！我的天呐！再多熬一会儿的话，我们能在那些骡子里挑一头吃掉，拉斐尔上校，你方才在道别时如此深情地用你的刀鞘向它们敬礼。咱们先吃点东西，然后把船开去——阿尔弗兰军营——没错吧？"

加勒比人做好了饭，"国家号"的三位乘客带着久旱逢甘霖的喜悦吃光了所有食物。日落前后，风照例转了向，从山上往回掠，凉爽且稳定，带来了被低地困住的死水湖和红树沼泽的气息。单桅帆船的主帆被扯开，撑满了。就在那时，他们听到喊声和逐渐逼近的喧闹声从岸上的丛林深处传来。

"是屠夫们，我亲爱的海军上将，"大个子微笑着说，"是来宰牛的，可惜太迟了。"

除了对船员发号施令，海军上将什么也没说。上桅帆和船首三角帆都展开了，船驶出了河口。大个子和他的同伴以尽可能舒服的姿势围坐在光秃秃的甲板上。也许，先前压在他们心上的大事，已经被甩脱在那片危机四伏的海岸了；而现在，风险既已远去，他们的心思放松下来，要开始考虑下一程的命运了。当他们看到帆船再次转舵，沿着海岸飞驰的时候,又松了一口气,对海军上将的手段感到满意。

大个子舒舒服服地坐着,用一对神采奕奕的蓝眼睛凝视海军指挥官。他想估摸一下这个阴郁、古怪的小伙子到底是怎么回事,他身上那种雷打不动的迟钝令他困惑。他自己还在逃亡,命都难保,而且正被挫败和失落折磨,可性格使然,他会立刻把注意力转去研究对他而言新奇的事物。就是他这种人,才会孤注一掷,构思并执行这种冒着巨大风险的鲁莽计划——给一个穿着古怪的军装、挂着滑稽的头衔驾着船到处跑的、可怜的、脑子不清醒的疯子写信。可是,他的同伴们都已经穷尽心智,脱身的打算看来是全无指望了,而他却靠着这个他们认为既危险又愚蠢的计划达成了目的。

热带短暂的薄暮,似乎在转瞬之间便化作珠贝色的月夜。这会儿,柯拉里奥的灯火在他们右边正逐渐变暗的海岸上三三两两地亮了起来。海军上将站着,一声不吭地把着舵;那些加勒比人扯住了帆,应和着上将简短的命令,像几头黑色的豹,无声地蹦来跳去。三位乘客注视着前方海面,最后,在看到一艘离镇子一英里之外,灯光深深探入水面的大轮船的时候,他们突然把脑袋凑在一块儿,低声商量起事情来。帆船仿佛在轮船和海岸中间辟出了一条道路。

大个子猛然起身,离开了他的同伴,向站在舵柄边的那个裹在破衣烂衫里的人走去。

"我亲爱的海军上将,"他说,"政府真是极度失职。我为此深感羞愧，只能说对你尽心尽责的表现，政府失察了，因此没能给你应有的支持。这实在是个不可饶恕的疏忽。舰艇、装备和船员都会调拨给你，一定要配得上你的忠诚。但是眼下，亲爱的海军上将，咱们有要事在身。停泊在那边的轮船是'萨尔瓦多号'。我和我的朋友们打算到它上面去，替政府办些公事。还请你行个方便，变一下航线。"

海军上将没有回答，而是厉声发出一个命令，使劲将舵柄转向左舷。"国家号"一扭头，笔直地向着海岸箭一般地驶去。

"劳驾，"大个子有些恼火地说，"至少知会一声，你听到我说的话了没有？"他觉得，有可能这家伙的感官和脑筋一样，都不怎么灵光。

海军上将迸出一阵呜哩哇啦的刺耳大笑，然后开口说话了。

"他们会叫你脸冲着墙站着，"他说，"然后枪毙你。他们就这样处决叛徒。你刚上筏子的时候，我就认出你了。我在一本书里见过你的照片。你是萨巴斯·普拉西多，叛国的家伙。把你的脸冲着墙吧。你要死了。我是海军上将，我要把你交给他们。把你的脸冲着墙。没错。"

堂萨巴斯侧着身子，发出一串大笑，朝随他一同逃亡的两人摆了摆手。"绅士们，你们瞧，我想起了那次会议的事，就是那一回，咱们提出了那项，哦，天，多么荒谬的任命啊！

咱们开的玩笑竟然真的报应在自己身上了。瞧啊,咱们造出了一个弗兰肯斯坦[1]的怪物!"

他望了望海岸。柯拉里奥的灯火越来越近了。他能看到海滩、国营酒店的仓库、士兵们驻扎的又长又矮的营房,以及营房背后在月光下若隐若现的一片高耸的土坯墙。堂萨巴斯见过许多人脸冲着墙被枪毙。

他再次尝试与站在舵柄旁边的那个打扮得乱七八糟的造物对话。

"的确,"他说,"我要逃离这个国家。但是,你只管相信,我对这事一点也不担心。管他什么地方的官场和兵营,都对我萨巴斯·普拉西多敞开大门。**就是这么回事!**这么一个鼹鼠窝——这个和猪头一般大的国家——对我这样的人来说算什么?我是一个朋友遍地的人。在罗马、伦敦、巴黎、维也纳,你都能听到人们这么说:'欢迎回来,堂萨巴斯。'来吧!傻瓜——小狒狒——海军上将,你喜欢哪个称呼都行,调转船头。送我们去'萨尔瓦多号',这是给你的报酬——美国人的钱,五百块——你那个谎话连篇的政府,二十年也给不了你这么多。"

堂萨巴斯把一个鼓鼓囊囊的钱袋子塞进那年轻人的手里。

---

[1] 弗兰肯斯坦,是玛丽·雪莱(1797—1851)创作的同名小说中的主人公,他利用从坟墓和解剖室中收集的死人肢体拼组成一个新的躯体,并利用电击赋予其生命。

海军上将对这番表态无动于衷。他掌牢了舵,让帆船保持航向,笔直驶向海岸。自负之情涌上心头,似乎让他颇为受用,连那张呆滞的面孔几乎都变得灵动起来,还让他鹦鹉学舌般地聒噪了几声。

"他们要那么做,"他说,"就为了不让你看到枪。他们开火——砰!——你就倒下死掉。把你的脸冲着墙。没错。"

海军上将突然对船员们下了一个命令。那几个轻盈、安静的加勒比人把手里的帆索绑好,从舱口溜下去,进了帆船的货舱。当最后一人消失在甲板下面以后,堂萨巴斯像一头棕色的大美洲豹,一下跳过去,把舱口合上,压紧,然后站起来,露出了笑容。

"最好别动枪。请了,亲爱的海军上将,"他说,"有一回,我突发奇想,编了一本加勒比文的词典。所以,我听得懂你的命令。也许,现在你可以——"

他没能说下去,因为他听到金铁交鸣发出"唰"的一声闷响。海军上将抽出了佩德罗·拉菲特的弯刀,向他猛扑过来。刀锋劈落,这大个子展示了惊人的敏捷,全凭应变躲过一劫,只有肩膀挂了彩。在跳开的同时,他拔出了手枪,一眨眼的工夫,就开枪打倒了海军上将。

堂萨巴斯弯下腰看了看,又站直了。

"命中心脏,"他简短地宣布,"先生们,海军被废除啦。"

拉斐尔上校跳过去掌住舵,另一名官员赶紧解开了缚住主帆的绳索。帆桁完全掉过头来,"国家号"转了向,开始戗风航行,奋力朝"萨尔瓦多号"挺进。

"扯掉那面旗子,先生,"拉斐尔上校喊着,"那些轮船上的朋友看到咱们挂着这东西,会觉得奇怪的。"

"说得对。"堂萨巴斯叫道。他走到桅杆下面,把旗降下来,那位过于忠诚的护旗者就躺在一旁的甲板上。这么一来,这出由军政大臣一手导演的餐后小谐剧,也由他自己亲手闭了幕。

突然间,堂萨巴斯一面大声欢呼,一面顺着倾斜的甲板跑到了拉斐尔上校那边。他把被废除的海军军旗搭在胳膊上随身带着。

"瞧瞧!瞧瞧啊!先生。天呀!我都能听到那个长得像头熊的大块头奥地利人在喊:'真行啊,你这可恨的家伙!'瞧瞧!我跟你提过我在维也纳的朋友格隆尼茨先生。为了给他著名的收藏添些新品,那人曾经为一朵兰花跑去锡兰,为一件头饰跑去巴塔哥尼亚,为一双拖鞋跑去瓦拉纳西,为一个矛头跑去莫桑比克。而众所周知,拉斐尔老兄,我也是一个珍玩收藏家。我收藏的世界各国海军战旗,截至去年,几乎算是应有尽有了。可格隆尼茨先生却搜罗来两件,哦,天,极其稀罕的样品!这两面旗,一面属于一个巴巴里地区的国家,另一面属于非洲西海岸的一个叫马卡卢鲁斯的部落。我没有,可也不代表弄不到。但这面旗,先生,你知道是什么吗?

上帝啊！你知道吗？你看，蓝白底上绣了红十字！你以前从没见过吗？肯定没有吧。这是你的祖国的海军军旗。瞧瞧！咱们站在上面的这个腐烂的浴盆就是祖国的海军，躺在那儿的死鹦鹉就是海军司令。弯刀一落，手枪一响，就是一场海战。我承认，这一切愚蠢透顶，但也确有其事。像这样的旗子，过去只有一面，往后也不会有别的了。没有了。它在这世上，是件孤品。想想看，这对一个旗帜收藏家来说意味着什么！我的上校，你知道格隆尼茨先生愿意用多少顶金冠来换这面军旗吗？他可能会报价一万美金。不过，出十万美金也别想买到。美丽的旗！唯一的旗！一面天赐的、透着点邪恶的旗！哈！大洋彼岸的牢骚鬼啊！等着吧，堂萨巴斯会再去一趟王后街。他会让你跪下，用一根手指沾一沾旗子边儿。哈！你这个戴着眼镜搜遍世界的老强盗！"

夭折的革命、危险、失落、受挫的苦楚，都被抛在了脑后。他全情投入到无尽的、空前的收藏激情中，在小小的甲板上，大步流星地来回疾走，一只手把那面绝品军旗死死摁在胸口。他意得志满地朝着东方打了一个响指，扯着嗓子，用吹喇叭般的声调为他的战利品唱赞歌，仿佛想把声音传到远在海外的老格隆尼茨的发霉的贼窝里。

"萨尔瓦多号"上的人已经在等着欢迎他们了。帆船向轮船的一边船舷靠拢，为了装运水果，这边的侧舷几乎和下甲板相平。"萨尔瓦多号"的水手们钩住帆船，把它拖了过来。

麦克劳德船长从船舷探出身体。

"喂,先生,我说,没戏唱了吧。"

"什么没戏唱了?"堂萨巴斯有些困惑地瞅了他一阵。"那次革命——哦,是的。"他耸了耸肩膀,没接这茬儿。

船长听他介绍了逃亡的过程,以及那几个被关押的船员。

"加勒比人吗?"他说,"他们是人畜无害的。"他跳下去,到了帆船上,踢开了舱口盖的锁扣。那几个黑家伙磕磕碰碰地爬了上来,满头大汗,但在咧嘴憨笑。

"嗨!黑小子们!"船长用他自创的土话说道,"你们听好了,上船,赶快划回你们来的地方去。"

他们看着他依次指了指他们自己、帆船和柯拉里奥。"好的,好的!"他们喊道,嘴咧得更大了,一个劲地点头。

堂萨巴斯、另两名官员和船长,四个人先后离开了帆船。堂萨巴斯走得稍落后一点,看了看穿着破衣烂衫,躺在那里一动不动的前海军上将。

"可怜的小疯子。"他轻声说。

他是一个杰出的世界公民,一个高水准的鉴赏家。但说到底,他和这些人是同一种族、同一血统和同一天性的。他甚至会和柯拉里奥那些单纯的同胞们说出同样的话来。他低头看着,脸上没有一丝笑容,说道:"可怜的小疯子!"

他弯下腰,挽起那副绵软的肩膀,用那面无价的、独一的旗子裹住海军上将的身躯——一边掖在肩下,一边掩住胸口——又从他自己的上衣领子上摘下一枚圣卡洛斯钻石星勋章别在上面。

他跟在其他人身后,和他们一起登上了"萨尔瓦多号"的甲板。这时,那群钩住了"国家号"的水手把它向外一推。那几个叽叽喳喳的加勒比人拉着索具,张开帆,船向着海岸驶去。

格隆尼茨先生的海军军旗藏品仍旧是世界上最好的。

Chapter 10 三叶草和棕榈树[1]

一天晚上,天空没有一丝风,柯拉里奥仿佛比以往任何时候都更接近地狱的铁栅栏,五个男人围聚在凯奥和克兰西照相馆的门前。在世上所有富于异国情调的炎热地区,高加索人[2]在做完一天的工作之后,都会这么聚在一起,以编造莫须有的奇闻轶事,来维持他们唯恐天下不乱的传统。

约翰尼·阿特伍德,像加勒比人那样光着身子,直挺挺地躺在草地上,有气无力地瞎扯,说什么在达拉斯堡,用黄瓜木做的水泵能抽出冰凉的水。格雷格医生,大伙儿都要给他那一脸络腮胡几分面子,加之还要贿赂他,好让他把那些已经到了唇边的职业故事留在嘴里,就给他独享悬在门柱和

---

1 本章以两种植物的名称指代故事中的两个主要人物。其一是爱尔兰裔,三叶草是爱尔兰的国花;其二是南美人,南美洲盛产棕榈树。
2 高加索人,此处泛指所有白种人。

葫芦树之间的吊床。凯奥从屋里搬出一张小桌,搁在草地上,桌上摆了一台仪器,用来冲洗拍好的相片。这群人中间只有他在忙。柯拉里奥市民的完美仪容从机器的卷筒里络绎不绝地涌现出来。法国矿业工程师布兰查德,穿着清凉的亚麻衣服,透过眼镜,平静地看着他的香烟冒出腾腾烟雾,全然不受热气的影响。克兰西坐在台阶上抽他的短烟斗。他倒很想扯扯闲话,其余的人都被溽暑搞得兴致全无,只能安于做他的听众。

克兰西是爱尔兰裔的美国人,有世界主义倾向;干过许多事业,但都没干得长久。他骨子里透着浪迹天涯的宿命。他做了锡版照相这行,但它只不过是他面前许多条道路上传来的许多声召唤的其中之一罢了。有时,他会受到怂恿,把他的经历添油加醋地说给人听。今晚,他似乎有点管不住自己的嘴。

"这天气,对于武装斗争来说,倒是个好光景,"他主动说道,"这让我想起那次,我从一个暴君的恐怖统治中奋力解放一个国家的事。那可真是个费劲的活儿。背得撑得住,手得握得紧,非得是硬骨头不行。"

"没想到,对于被压迫的人民,你还曾经拔刀相助呢。"躺在草地上的阿特伍德喃喃地说。

"没错,我拔了刀,"克兰西说,"而他们,把刀给改成了锄头。"

"哪个国家这么走运,能得到你的援手?"布兰查德笑眯眯地问。

"堪察加在哪儿?"克兰西问了一个似乎八竿子打不着的问题。

"嗯,大概是在北极圈里面,西伯利亚之外的某个地方吧。"有人犹疑不定地回答道。

"看来那地方挺冷的,"克兰西满意地点了点头,说,"我老是把两个地名搞混。应该是危地马拉——一个很热的地方——我就是在那儿参加武装斗争的。你能在地图上找到这个国家。就在所谓的热带地区。老天有先见之明,把它摆在海边,好让画地图的人能把城镇的名字写到水里去。那些名字大约一英寸长,是小字号的西班牙文,照我看,跟炸掉'曼恩号'[1]的属于同一个语法系统。是的,就是那个国家,我单枪匹马向那里进发,要用一把单缸鹤嘴锄从暴君政府的手上解放它。你们肯定不明白。得耽误你们点时间,好好听我解释解释。

"那是在新奥尔良的一个早晨,大概六月一号左右,我站在码头上,看着河上来往的船只。停在我正对面的一艘小轮船看样子要启航了。它的烟囱在冒烟,一帮码头工人正把摞

---

[1] 曼恩号,是一艘美国军舰,1898年在古巴哈瓦那港口被炸沉,美国人认为是西班牙人所为,并以此为由发动了战争。

在码头上的一堆箱子搬上船。那些箱子有两英尺高,长度约莫四英尺,看起来挺沉的。

"我心不在焉地朝那堆箱子走了过去,看到其中的一个被人不小心撞开了。出于好奇,我掀起松开的盖子,朝里面瞅了一眼。里面装满了温彻斯特步枪。'原来是这样,'我暗自忖道,'有人歪曲了中立法案,运军火去帮人家打仗。我倒想看看这些枪要运到哪里去。'

"我听到有人咳嗽,就转过身。那里站着一个圆咕隆咚的矮胖子,长着一副棕色面孔,穿着一身白色衣服,一个仪表堂堂的小个子,手上戴着四克拉的钻戒,眼中满是毕恭毕敬的询问的神情。我猜他是个外国人,来自俄罗斯、日本或是某个群岛。

"'嘘!'那圆胖子讳莫如深地说,'这位尊敬的先生,如果发现了什么,可别让船上的人知道,好吗?先生是正人君子,对意外发现的事情,不会随便透露的。'

"'先生[1],'我说——我断定他是讲法语的人种——'我詹姆斯·克兰西拿性命担保你的秘密绝不会被泄露出去。不但如此,我甚至还要大声喊出"自由万岁——万万岁"。不管到什么时候,要是你听说有姓克兰西的阻挠某国颠覆现政府的活动,你都可以来信谴责我。'

---

1 原文为法文。

"'先生真是好心人,'那深色皮肤的胖家伙说,黑色的络腮胡子下面掩着一个微笑,'请上船喝杯葡萄酒吧。'

"作为一个姓克兰西的,两分钟不到,我就和那个外国人一起坐在轮船客舱的一张桌子边上了。在我俩之间,还搁了一瓶酒。我听到沉重的箱子被丢在船舱里的声音,估摸着这批货至少有两千支温彻斯特步枪。我和棕脸男人喝光了一瓶酒,他叫乘务员再拿一瓶来。把一个姓克兰西的和装在一个酒瓶里的东西混合起来,准会闹出大动静。关于热带地区的革命,我已经听过不少,当时就兴起一个念头,想自己亲手搞一次。

"'你想在你的祖国搞点事,对吗先生?'我一边说,一边眨眨眼,对他表示我心里有底。

"'是的,是的,'小个子用拳头擂着桌子,说道,'时机一到,就要干点大事。太久了,人民一直被压迫,只换来一些从不兑现的诺言。非得大干一场才行。是的。我们的队伍就快打到首都了。去他的吧!'

"'说得好,去他的,'喝下去的酒越来越多,我的热情也越来越高涨,我说,'还有刚才那句万岁,说得也很好。愿祖国的三叶草——我是说,香蕉藤也好,大黄树也好,总之,能够象征你那备受践踏的祖国的随便什么东西,愿它永远迎风飘扬。'

"'万分感谢,'那圆咕隆咚的家伙说,'感谢你这番友好的表态。我们的事业需要争取尽可能多的人来共同推动。得到成千上万强有力的好男儿支持,德·维加将军就能给他的祖国带来胜利和光荣!这太难了——要找到帮他举事的好男儿太难了。'

"'先生,'我趴在桌上去握他的手,同时说道,'我不知道你的祖国在什么地方,但我真为它感到痛心。一个姓克兰西的,绝不会在受压迫的人民面前装聋作哑。克兰西家族的人生来就心怀天下,专门打抱不平。如果你用得着詹姆斯·克兰西,如果他的臂膀和热血能帮助你的祖国摆脱暴君的枷锁,只要你一句话,它们就都是你的了。'

"德·维加将军快活得昏了头,将我对他的阴谋的赞赏和对他的窘境的问候照单全收。他想隔着桌子拥抱我,但他的脂肪和他喝下去的那几瓶酒一起制止了他。就这样,我受到欢迎,得到了武装团伙的邀请。接着,那位将军告诉我,他的国家名叫危地马拉,是海上最大的国家,也不管是什么地方的哪一片海。他看着我,眼中噙泪,时不时嚷嚷着:'啊!高大、强壮、勇敢的好汉!正合我的祖国所需。'

"这个自称德·维加将军的人拿出了一份文件,叫我签字,我签了,特意把最后一个字母'y'写成曲里拐弯的花体。

"'你的路费,'将军公事公办地说,'将来会从你的薪水里扣除。'

"'不必了,'我骄傲地说,'路费我自己出。'我的兜里揣着一百八十美元,我可不是一个普通的雇佣兵,不是为了生计去拼命的人。

"轮船不到两个小时以后就得开走,我上岸去采购一些用得上的东西。回到船上,我得意扬扬地向将军展示我弄来的装备。一件上好的栗鼠皮大衣、北极皮靴、毡帽和耳罩、考究的羊绒衬里手套、羊毛围巾。

"'我的天!'小个子将军说,'穿着这些衣服怎么去热带?'接着,这小混蛋笑出了声,他把船长叫来,船长把事务长叫来,他们又喊来了轮机长,然后这帮家伙就一起围着客舱,对着我克兰西为危地马拉准备的行头哄然大笑。

"我有点回过味儿来了,又认真地问那位将军,他的国家到底叫什么名字。他告诉了我,我才明白,我把它和我知道的一个叫堪察加的国家弄混了。自那以后,这两个国家的名称、气候和地理位置,我都没法分辨清楚。

"我付了船费——二十四美元,头等舱——跟达官贵人们同桌吃饭。舱底还有一帮二等乘客,有四十个左右,看样子像是南欧人。搞不懂他们这么多人要出去干吗。

"接下来,过了三天,我们就到危地马拉了。这是一个翠绿的国家,地图上的黄色是错的,这里根本看不到。我们在一个海滨小镇上了岸,一列火车在一条袖珍小铁路上等我们。轮船上的箱子都被搬上岸,装进了车厢。那帮南欧人也上了车,将军和我待在靠前的车厢里。没错,革命的列车从那座港口小城驶出的时候,我和德·维加将军引领着它。这火车的速度和警察赶去镇压骚乱的步伐差不多一样快。它穿透了一大片显然在地理书上无法看到的混沌之地。我们在七个小时之内前进了大约四十英里,接着火车就停了。铁路已经到头了。在满目荒凉的峡谷里,有一些像是帐篷那类的东西。他们在森林里披荆斩棘,继续向前推进。我告诉自己:'这里就是革命志士浪漫的栖息地,克兰西要在这里凭借种族优势和从芬尼亚[1]那里学来的斗争策略,为了解放事业而大展拳脚了。'

"他们把箱子从火车上卸下来,然后动手把盖子撬开。我看到德·维加将军从第一个开口的箱子里取出温彻斯特步枪,挨个递给一队病恹恹的士兵。其余的箱子也陆续被打开了,你信也好,不信也好,反正我再没看到别的枪。其他箱子里都装满了铁锹和锄头。

"然后——被愁闷笼罩的热带啊——高傲的克兰西和那帮不要脸的南欧人都得扛着锄头或者铁锹,往前接着铺那条肮脏的小铁路。没错,那些南欧人来这里就是干这个的,想闹革命的克兰西签下的协议也是这么规定的,尽管他当时并不知情。又过了几天我才搞明白。要招募足够的人手来修路,

---

[1] 芬尼亚,指1856年爱尔兰革命者在美国组织成立的"芬尼亚会",旨在发起爱尔兰的独立运动。

似乎不大容易。这个国家的那些爱耍滑头的土著太懒了，不乐意工作。确实，圣贤们也都觉得工作是不必要的。他们只要伸出一只手，就能摘到世上最可口最名贵的水果，再伸出另一只手，就能没日没夜地睡上好几天，不用听到七点钟的汽笛声或者收租的人爬楼梯的脚步声。所以，就有轮船定期去美国骗人来做工。通常，那些扛铁锹的外来人喝多了熟过头的水，吸饱了凶猛的热带风光，两三个月就没命了。因此，他们在雇佣这些可怜虫的时候，给他们签一年合同，再派武装警卫看住他们，免得他们逃跑。

"由于我的家族向来有满世界乱跑、给自己找麻烦的弱点，我被卖到了热带。

"他们给了我一把锄头，我接过来，打算就地发动政变；但那些警卫抱着温彻斯特步枪，一副有恃无恐的样子，我得出结论，在武装斗争中尤其得谨慎行事。我们这一群大约一百来人，接到了开拨的命令，就要去做工了。我跨出队列，向德·维加将军走去，这家伙正抽着雪茄，意得志满地观看眼前这幕景象。他对我笑了笑，既和气又恶毒。'高大、强壮的好汉，'他说，'在危地马拉有许多工作可做。是的。一个月三十美元。工钱不错。哦，是的。你强壮，也勇敢。我们速度很快，不用多久，就能把这条铁路修到首都。他们现在要你去干活了。再会，大力士。'

"'先生，'我有意拖延，又继续说道，'你是否愿意告诉一个渺小可怜的爱尔兰人:当我踏上你那条蟑螂船,借你那些酸葡萄酒,宣泄对革命和解放的情怀时,你以为我图的就是到你这条下贱的小铁路上来扛锄头吗?当你以爱国者的面目慷慨陈词,搬出美国式的自由理想来回答我的时候,你是不是已经谋划着要把我贬到与掘树桩的南欧人为伍,到你这个卑劣龌龊的国度来当锁链囚徒了?'

"那个将军仰着滚圆的身体,笑得喘不过气来。是的,他笑了很久,笑得很大声,而我,克兰西,站在一边等着。

"'多逗的人啊!'最后,他嚷了起来,'你要害我笑死啊。是的,要找到勇敢、强壮的人来支援我的国家,是件难事。革命?我有说起过革——命吗?一个字也没提啊。我说的是,危地马拉需要高大强壮的人。如此而已。你误会了。你看到一个箱子里装了给警卫配的枪,就以为所有箱子里都是枪?才不是呢。

"'危地马拉没有战争。但有工作,好工作。每个月三十美元。你得扛起锄头,先生,为了危地马拉的解放和繁荣去挖地。快去工作。警卫在等你。'

"'你这个棕脸人,就像条又小又肥的狮子狗,'我说,表情平静,但其实满腹愤恨,'你摊上事儿了。也许不在眼下,但等J.克兰西做好准备,你就会遭报应。'

"工头喊我们去干活了。我和那些南欧人一起走了,临走还听到那位杰出的爱国志士兼绑匪在放声大笑。

"这真是件伤心事,我为这狼心狗肺的国家修了八个星期的铁路。我扛着沉重的锄头和铁锹,每天干十二个小时武装革命,砍掉挡道的繁盛树木。我们在沼泽地里干活,闻着像煤气泄漏似的恶心气味,踩着最名贵的温室绿植和蔬菜混纺的高级地毯走来走去。这样的热带风光,就连最异想天开的地理学家也诌不出来。树高得能捅到天;矮灌木丛里布满荆棘;猴子上蹿下跳;鳄鱼遍地乱爬;粉红尾巴的模仿鸟到处乱飞。你站在齐膝深的臭水里,为了危地马拉的解放事业掘树根。到了晚上,我们在帐篷里拿些乌七八糟的玩意来驱蚊,坐在烟雾之中,被四下踱步的警卫包围着。总共有两百人在铁路上干活——多数是南欧人、黑人、西班牙人和瑞典人,爱尔兰人只有三四个。

"有个叫哈洛伦的老头——是个有爱尔兰式热心和谨慎的人——把情况对我作了说明。他已经在铁路上做了一年工。大多数人干不到半年就死了。他被榨得只剩下一把骨头,每三个晚上就得一次风寒,打一次摆子。

"'刚来时,'他说,'你以为你很快就能脱身。但他们扣下了你第一个月的工钱来抵船费,何况到那个时候,热带已经把你捆牢了。狂怒的莽林包围了你,到处都是不堪入目的野兽——狮子、狒狒、蟒蛇什么的——等着吞掉你。毒辣的太阳狠狠地伤了你,把你的骨髓都烤化了。你成了诗集里头说的"吃了忘忧果的人"。生命中一切高尚的情感都被你忘了,爱国、雪耻、排除万难的和平事业以及对故乡的思念，都忘了。你就干你的活，然后硬生生咽下南欧人做的飘着煤油味、长得跟橡皮棍似的食物。你点上烟斗，对自己说："下星期一定开溜。"你倒头睡去，接着提点自己又说了谎，因为你知道你永远不会走。'

"'那个自称名叫德·维加的什么将军，'我问道，'到底是什么来头？'

"'那人啊，'哈洛伦说，'是个特想修完铁路的人。这项工程本来是私营企业承包的，但后来烂尾了，由政府接着修。德·维加是个大政客，想当总统。人民盼着铁路完工，他们已不堪忍受因此增加的税赋。德·维加大力推动此事，想收买人心。'

"'我从没想要跟任何人过不去，'我说，'但在这个修铁路的家伙和詹姆斯·奥多德·克兰西之间有笔账要算。'

"'我当初也是这么想，'哈洛伦长叹一声，说道，'直到吃下了忘忧果。我在这片热带迷失了。这里将人磨得没了脾气。这个地方，就像诗人说的，"好像永远都处在饭后的乏力状态"。我干活，抽烟斗，睡觉。无论如何，活着，好像也没什么别的事可做。也许很快，你也会变成这样。别再愁眉苦脸了，克兰西。'

"'我想不通，'我说，'我憋了一肚子火。我投奔革命队伍，想为这个黑暗的国家而战，想为它赢得自由、光荣和随

便什么东西;结果没干成大事,倒被发配来砍树枝、挖树根。那个什么将军一定得付出代价。'

"在铁路上干了两个月之后,我才逮到了逃跑的机会。一天,我们一帮人被派往已完工的轨道另一头,把运到巴里奥斯港去保养的一批锄头取回来。东西是用手摇车带回来的,离开的时候,我注意到车还留在轨道上面。

"那天半夜,大约十二点钟,我叫醒哈洛伦,告诉他我的计划。

"'逃走?'哈洛伦说,'老天啊,克兰西,你是这意思吗?唉,我可没那么大胆子。天好冷,我好困。逃走?我告诉过你,克兰西,我吃了忘忧果。我丢了心气。都是热带造成的。就像诗人说的,"过去的朋友已被我们遗忘;我们躺下来,苟活于这虚无的安乐乡"。你快去吧,克兰西,我想,我要留下来。时间还早,天气太冷,我没睡够。'

"所以,我只好离他而去。我悄悄地穿好衣服,溜出帐篷。警卫过来的时候,我像打九柱戏[1]那样,用一颗备好的青椰子把他砸翻在地,然后直奔铁轨。我爬上手摇车,摇着它飞驰。距离天亮还有好一会儿,我就看到了大约一英里之外巴里奥斯港的灯火。我停了车,步行到镇上去。我心惊胆战地走进

---

[1] 九柱戏,是保龄球的前身。参与游戏的玩家将手中的球抛向摆在地上的九个球柱,击倒的越多,得分就越高。

了城区。我不怕危地马拉的军队，但想到可能要和职业介绍所的人肉搏，我就打心底里感到恐惧。这国家的招聘要求不高，可来了就很难走掉。我能想象美国夫人和危地马拉夫人在某个静谧的良夜，隔着群山聊着闲言碎语。'哦，亲爱的，'美国夫人说，'我最近又要雇帮工了，太麻烦了，太太。''竟有这种事，'危地马拉夫人说，'你可别这么说，太太！我的雇工永远不想离开我——嘻嘻——哈哈！太太。'危地马拉夫人窃笑着。

"我正在想着怎样才能离开这片热带，不再被人给雇回来。天虽然还是黑的，可我能看到一艘轮船停靠在港口，烟囱冒着烟。我拐进一条通往海边的长满草的小巷。在海滩上，我看到一个棕色皮肤的小个子正把一艘小船推向海里。

"'等等，朋友，'我说，'懂英语吗？'

"'懂啊，懂不少呢。'他说，脸上挂着令人舒心的笑容。

"'那是艘什么轮船？'我问他，'上哪儿去的？有什么大新闻，或者什么好消息没有？这些天有大事发生吗？'

"'轮船叫"肯奇塔号"，'棕脸人一边温和从容地说话，一边卷一根纸烟，'是从新奥尔良来这儿装香蕉的。昨晚就装好了。我想，一两个钟头之内，它就开走了。我们的好日子就要来了。打了场大仗，你听说了吗？你觉得德·维加将军会被抓住吗，先生？会，还是不会？'

"'是怎么一回事，朋友？'我说，'打仗？打什么杖？谁

要抓德·维加将军?我在内陆采了两个月金矿,一点消息都没听到。'

"'哦,'那黑家伙说,对能讲英语颇为得意,'一星期之前,危地马拉爆发了大革命。德·维加将军想当总统。他拉了一支一千——五千——可能有一万人的队伍跟政府开打了。政府派了五千——四万——也许有十万名士兵去镇压革命。昨天,他们在要朝山里走十九——五十英里的洛马格兰德大打了一仗。政府军打垮了德·维加将军的队伍——唔,好惨。他那边有五百——九百——两千人被杀掉了。革命被碾碎了——很彻底——很迅速。德·维加将军骑着一头大骡子逃——逃走了。是的,去他的吧!将军逃——逃走了,士兵被杀了。政府军在全力搜捕德·维加将军。他们想抓他来枪毙。你觉他们抓得到将军吗,先生?'

"'祝他们成功,'我说,'这是命定的判决,就为了他将好战也善战的克兰西弄到热带来用铁锹和锄头铺路。但现在,关于暴动的事情先不多说,我的小兄弟,现在的关键问题是雇佣关系。你们伟大又破落的祖国在用白色翅膀作为标志的交通部门给我提供了一个重大职位,我急着辞掉它。划你的小船,把我送到轮船那里去,我给你五美元——五个比索——就五个比索。'我用热带的方言和货币单位下调了我的报价。

"'你给五比索,'小个子重复道,'还是五美元啊?'

"这小子为人不坏。他起先有些犹豫,说旅客要离开国境,需要护照和通关文件,不过后来还是把我送到了轮船那里。

"天刚破晓,我们就挨着了轮船的边儿,那会儿船上连一丝人影都没有。海面风平浪静,黑家伙托了我一把,帮我从为了装水果而下降到跟甲板齐平的那一侧船舷爬上了轮船。舱口没有关,我望进去,看到里面堆满了香蕉,上沿离舱口不到六英尺。我忖道:'克兰西,你最好屈尊做个偷渡客吧。这样安全些。否则轮船上的人可能把你交还给职业介绍所。如果你不盯紧点儿,克兰西,热带会逮住你。'

"我轻而易举地跳到了香蕉堆上,在里面挖了个洞躲了进去。大约过了一个钟头,我听到引擎发动的声音,感觉轮船在摇荡,我就知道,我们出海了。为了保持空气流通,他们一直敞着舱口,舱内很快亮了起来,一切都变得清晰可见。我觉得有点饿,心想来顿清淡的水果餐,也能多少补充些体力。我从自己挖的洞里爬出来,抻了抻手脚。紧接着,我看到十英尺开外还有个人,他也爬了起来,够到了一个香蕉,剥掉了皮,填进嘴巴里。这人长了一副黑脸膛,满身污垢,面目可憎,狼狈不堪。没错,这人活像从滑稽画报的图片上走下来的二流子。我再定睛一瞧,就认出他来了,原来这就是我那位将军老爷——大革命家、骡子骑士和锄头进口商德·维加。看到我时,将军不知所措,嘴巴被香蕉塞满了,眼睛瞪得跟椰子一般大。

"'嘘!'我说,'别出声,否则他们会把咱们丢出去,叫咱们自寻生路——自由万岁！'我又加了一句，并给喊出这句口号的嘴里丢进一个香蕉，抑制兴奋之情。我笃定将军认不出我来。在热带当非法劳工的这段日子，已经把我搞得面目全非——半英寸长的棕色络腮胡遮掉了脸，装束也换成了蓝色工装裤和红衬衫。

"'请问你是怎么上船的，先生？'将军回过神来之后，开口问我。

"'走后门——嘘！'我说。'为了解放事业，咱们打了可歌可泣的一仗，'我继续说，'无奈敌我悬殊。让咱们像所有勇士一样接受失败，然后再吃根香蕉吧。'

"'你也参与那场争取自由的斗争了吗，先生？'将军一边说着，一边泪洒货舱。

"'一直坚持到最后，'我说，'奋不顾身地向暴君的鹰犬发起最后一次冲锋的人就是我。但他们的反扑很疯狂，我们不得不退。将军，弄到那头骡子让你逃走的人，也是我。能帮我把那串熟一些的香蕉挪过来点儿吗，将军？我够不着。谢谢。'

"'原来如此，勇敢的爱国志士，'将军说着，又啜泣起来，'天啊！我不知怎样才能回报你的忠诚。除了一条命，我什么也没能带出来。天啊！那头骡子真是个邪恶的动物，先生！我骑着它，就像一条船骑着暴风雨。害我被荆棘和藤蔓剐掉了一层皮。这孽畜专爱撞树，撞了不下一百棵，我的一双腿啊,可遭了大罪。那天夜里,到了巴里奥斯港。我把自己赶下了那座骡子山,然后直奔海边。我发现了一条闲置的小船,就跳上去,划着它到了轮船旁边。没见轮船上有人,我就顺着挂在船边的一根绳子爬了上来。之后我就躲进了香蕉堆里。毫无疑问,我说,如果船长看到我,一定会把我丢还给那些危地马拉人。这可不是什么好事。危地马拉会枪毙德·维加将军。所以我就一声不吭地藏了起来。生命本就是荣耀。自由相当美好;但我认为,还不足以与生命相较。'

"我刚刚说过,到新奥尔良去,有三天的海程。将军和我成了莫逆之交。我们吃香蕉,一直吃到我们一看到香蕉就恶心,把它当作胃口的大敌,但偏偏我们的菜单被精减得只剩下香蕉这一栏。到了夜里,我就小心翼翼地爬到下甲板去,打一桶清水回来喝。

"德·维加将军爱说废话,看样子,他的肚子是给词句撑大的。不过,如果他不说话,旅途就会单调很多。他相信我是他那一派的革命者,据他说,他的队伍里有很多了不起的美国人和其他外国人。这人自认为是个英雄,实际上是个撒谎精、自恋鬼,是个满嘴跑火车的碎嘴子。他为了自己未能得逞的图谋大吐苦水,想到的只是自己。关于其他那些因为错信了他,或是被枪毙,或是在革命的浪潮里自己赴死的白痴们,这小混球只字不提。

"到了第二天,他就忘了自己是个偷渡的叛国者,靠着一头骡子和偷来的香蕉才得以苟活，竟趾高气扬、大言不惭起来。他把他监修的那条伟大铁路的相关情况告诉了我，还对我透露了一个在他看来十分滑稽的小插曲，说的是一个爱尔兰傻瓜从新奥尔良被他骗到那条尸骨铺砌的窄轨铁路来扛锄头的趣闻。听这个肮脏的小将军厚颜无耻地说起他怎样略施小计就让没心没肺的笨蛋克兰西上钩的故事，实在是很痛苦。他倒是老怀大畅，笑声久久不息。这个黑脸的叛徒，这个没有国家也没有朋友的流亡者，站在没过脖子的香蕉堆里，笑得前仰后合。

"'啊，先生，'他吃吃地笑着说，'没什么比那爱尔兰人更好笑的了，他简直能让你笑死。我跟他讲："危地马拉十分需要强壮、高大的汉子。"他回我说："我想为你被压迫的祖国出力。""你会如愿的。"我告诉他。哈，这爱尔兰人多滑稽啊。他在码头上看到一只打开的箱子里装了给警卫配的枪，就以为所有的箱子里都是枪。但其实，那些装的都是锄头。哈！先生，可惜你看不到那爱尔兰人被推着去干活的时候脸上的那副表情！'

"这位职业介绍所的前任老板就这样用欢声笑语为旅途解闷。不过，偶尔他也会站在香蕉堆上，声泪俱下地发表一通演说，内容不外乎失败的解放事业以及那头骡子。

"轮船撞上新奥尔良码头的那一声响，真是无比动听。很快，我们听到了数百只光脚板啪嗒啪嗒踩踏甲板的声音，一帮卸水果的南欧人跳上甲板，下到货舱。我和将军帮着递了一会儿香蕉，他们就以为我们是跟他们一伙儿的。过了大约一个钟头，我们想办法溜下轮船，登上了码头。

"名不见经传的克兰西竟有机会款待一位伟大的外国反政府武装的领袖，这是多大的荣幸啊。我先给将军和我自己买了许多啤酒和香蕉以外的食物。将军寸步不离地跟着我，事事由我安排。我把他带到拉斐特广场，叫他坐在小公园里的长凳上。我给他买了香烟，他就像个吃饱了饭的矮胖流浪汉，佝着肩背，蜷在座位上。我看到他坐在那儿的样子，感到很是愉快。他天生的棕面皮，如今被污垢和尘埃染成了花脸。由于那头骡子的功劳，他的衣服几乎碎成了一堆布片儿。是的，将军的模样很合克兰西的心意。

"我旁敲侧击地问他，是否，机缘巧合，在某人那里弄了一些钱，从危地马拉带了出来。他叹了口气，把肩膀向长凳上一靠。一个子儿也没有。很好。他告诉我，他在热带的朋友晚些也许会寄经费给他。看来，将军明显是走投无路啦。

"我叫他别离开长凳，然后走到普瓦德拉街和卡龙德莱特街的交叉口。那一带是奥哈拉的辖区。五分钟不到，奥哈拉就来了。这是个红脸膛的大块头，挥着警棍，纽扣闪闪发亮，看上去挺气派。要是把危地马拉划给奥哈拉管就好了。对丹尼·奥哈拉来说，每个星期用他的警棍镇压一两次革命和起义，绝对是不错的消遣。

"'五〇四六是否依然有效,丹尼?'我朝他走过去,问道。

"'一直有效,'奥哈拉狐疑地打量我,说道,'你想尝尝?'

"五〇四六是一条广为人知的城市法令,针对犯罪后在逃的人员,授予警察将之逮捕、定罪和监禁的权力。

"'你不认识吉米·克兰西了吗?'我说,'你这个红脸怪物。'于是,当奥哈拉终于认出了被热带赐予的可耻外表掩盖的我,我就把他拉到一个门口,告诉他我想干什么以及我为什么想这么干。'好的,吉米,'奥哈拉说,'回到长凳那里稳住他。我十分钟就到。'

"果然,不到十分钟,奥哈拉就遛到了拉斐特广场,找到了坐在同一条长凳上的两个丢人现眼的二流子。又过了十分钟,J. 克兰西和前危地马拉总统候选人德·维加将军一起进了班房。将军吓得魂不附体,拜托我申明他的身份和权利。

"'这人啊,'我对警察说,'过去是个铁道工,现如今在外面流浪。因为丢了工作,他有点神经兮兮。'

"'去你的,'将军气得冒泡,像一座苏打水喷泉,'先生,你在敝国跟着我的部队打仗。为什么要撒谎?你说实话,我是德·维加将军,一位军人,一位贵人——'

"'铁道工,'我又说了一遍,'破产了。不是什么好人。这三天靠偷香蕉才活下来的。瞧瞧他那副嘴脸。还不够明白?'

"将军被判处二十五美元罚金或六十天监禁。他没有钱，只好熬足时间。他们释放了我，我早知道他们会这么做，我拿得出钱，而且奥哈拉会为我说情。没错。他得在牢里待六十天。我在伟大的堪——伟大的危地马拉扛锄头，也是这么久。"

克兰西停了下来。耀眼的星光映在他饱经风霜的脸上，勾勒出一副沉湎于往事的、快乐又满足的神情。凯奥从椅子上探身过来，在他的搭档衣衫单薄的背上拍了一记，声音像浪涛拍岸。

"你这坏蛋，告诉他们，"他轻笑着说，"你是怎么用农民的土法子报复那位热带将军的。"

"他没钱，"克兰西津津有味地总结道，"他们让他干活抵罚金。他和一帮教区监狱的犯人一起打扫乌尔苏拉大街。绕过街角就有一家惬意的酒吧，里面有电风扇和一些清凉解暑的东西。我把它作为我的指挥所，每过十五分钟我就走过去看看那个正用耙子和铲子奋勇拼杀的小胖子。那会儿的天气就跟今天一样热。我跟他打招呼：'喂，先生！'他恶狠狠地瞪着我，被汗水打湿的衬衫东一块西一块地粘在身上。

"'新奥尔良，'我对德·维加将军说，'需要又胖又壮的汉子。没错，这儿有很不错的工作等人来做。去他的吧！爱尔兰万岁！'"

Chapter 11　礼法的残余

柯拉里奥人十一点才吃早饭。因此，他们逛市场的时间也有些晚。用木头搭建的室内小市场坐落在一块修剪得很短的草坪上，被青翠欲滴的面包果树枝叶笼罩着。

一天早晨，小贩们带着货不紧不慢地聚了过来。这座建筑的周围有一条六英尺宽的走廊或平台一类的东西，上面盖了茅草屋顶，以遮挡正午的烈日。小贩们就在这平台上摆出各自的货物——新鲜牛肉、鱼蟹、当地的水果、木薯、鸡蛋、果脯，还有高高摞起、摇摇欲坠的本地玉米烙饼，这东西又大又圆，形似西班牙大公戴的宽边帽。

然而今早，在市场里朝海的那一边摆摊的小贩们没把货拿出来，而是凑在一起交头接耳，手上比划着，小声地说着什么。因为，"堕天使"布莱斯那具不太雅观的身躯正手脚摊开，躺在归他们用的那块平台上熟睡着。他身下压着一条椰壳纤维编的破席子,看上去比以往更像一个堕落的天使。他那套油乎乎的粗麻布衣服,上面布满了裂口以及千奇百怪的皱纹和折痕,荒腔走板地裹着他,像那种人们做来给填充玩具穿、蹂躏够了又随手丢掉的衣服。但在他的高鼻梁上,还稳稳地架着一副金丝边眼镜,这是荣耀的往昔遗留下来的最后一枚勋章。

海上微波荡漾,将轻颤的阳光反射到他的脸上,加上市场里的人语声,"堕天使"布莱斯被弄醒了。他坐起来,眨了眨眼睛,靠在市场的木板墙上。他从口袋里摸出一条备受摧残的丝帕,一丝不苟地把他的眼镜擦净、磨光。这么做的时候,他觉察到他的卧室已经遭到入侵,一些彬彬有礼的棕色和黄色皮肤的人正求他行个方便,给他们腾出位子。先生能否劳驾——冒昧打扰到您,真是万分抱歉——但贵客们眼看就要来采购当天的生活所需——打扰到您实在是逼不得已。

他们用这种方式隐晦地通知他必须马上滚蛋,别耽误人家做生意。

布莱斯带着王子掀开纱帐离开御床的神气从平台上下来。他始终没有丢掉这种神气,即使已经坠落到谷底。很明显,注重敦品励行的学院也不一定非得在门墙之内专设一个讲授道德的教席。

布莱斯整了整他那身歪七扭八的衣服,慢吞吞地穿过火烫的沙路,向大街走去。他就这么走着,其实漫无目的。

小镇有气无力地运转起来，开启了这一天的生活。金色皮肤的娃娃在草地上到处打滚。海风唤醒了他的食欲，却没带给他任何能满足食欲的东西。整个柯拉里奥都浸润了早晨的气息——热带花卉的浓烈芬芳、户外泥灶烘焙面包的香味、四处弥漫的灶烟。烟雾散尽，空气重又变得清澈，出于某种心理作用，看上去，山似乎在向海移动，它们靠得如此之近，以至于其中一个可以将另一个身上如伤疤一般的林间空地尽收眼底。足下生风的加勒比人飞也似的窜到海边去找活干。香蕉果园里的林荫小径上，已有马队在缓缓前进。马儿们除了摇摆的头颅和沉重的双腿以外，全身都被堆在脊背上的半青半黄的香蕉遮没了。女人们坐在门槛上梳理乌黑的长发，隔着狭窄的巷子互相招呼。安宁主宰了柯拉里奥——贫瘠单调的安宁，但毕竟也是安宁。

在那个明媚的早晨，当自然造化捧着黎明的金盘祭献忘忧果的时候，"堕天使"布莱斯落到了山穷水尽的田地。看上去，已经惨得不能再惨了。在公共场合过夜固然难堪，但只要还有点什么能遮住头顶，一位老爷和林中的走兽以及天上的飞禽之间，就有着不可逾越的分野。但如今，他比那只哭哭啼啼的牡蛎[1]更加渺小，牡蛎被人领去南海沙滩喂给诡计多端的

---

[1] 有关这只牡蛎的典故出自英国作家刘易斯·卡罗尔的经典童话《爱丽丝镜中奇遇记》。

海象和铁石心肠的木匠,他呢,也要被环境和命运吞噬了。

对于布莱斯,钱是只堪追忆的事物。他已经败光了他的朋友在情分允许之下给予他的一切。他们的慷慨被他榨得一滴也不剩了,到最后一刻,他还像亚伦[1]一样,又从他们硬化成石头的襟怀里敲出一些淅淅沥沥的、可鄙的水滴。

他的信用已经破产,一个子儿也贷不到了。在吃白食方面,他有着无耻的敏锐,能随时探知柯拉里奥的每一分可搜刮的资源——一杯酒、一顿饭或一点钱。他在头脑里给每一丝可占的便宜比较排序,饥渴将强大的思想力暂借给他,好让他全面透彻地盘算清晰。他在欲望的谷堆里敲敲打打,想找到一颗希望的谷粒,结果发现全是空瘪的谷壳,于是就再也乐观不起来了。他玩儿完了。在外露宿一宿,他的神经动摇了。在此之前,他至少还保有一点余地,实在不行,还能厚着脸皮到邻家的店铺去赊。如今,他借不到了,只能乞讨。即使是最无赖的诡辩,也不能把轻蔑地甩给一个睡在市场空地上的海滩流浪汉的几分施舍冠以"借贷"之名。

但是,在这个早晨,他比任何乞丐都更乐意接受一枚人家赏给他的硬币。因为魔鬼的焦渴在喉咙里作祟,驱策着他——在通往烈火地狱的道路上,在每个早晨停靠的每一站,

---

[1] 亚伦,是《圣经》中的人物,先知摩西的哥哥。杖击石头,使石头中涌出泉水的人应是摩西,但他使用的手杖是亚伦的手杖。

酒鬼们都非得解解晨渴才行。

布莱斯慢吞吞地走到街上，留意着上天有没可能行奇迹，在他的荒野上降吗哪[1]给他。在他路过巴斯克斯夫人生意兴隆的饭店时，夫人的主顾们刚刚落座，等着新出炉的面包、鳄梨、菠萝，以及散发着为质量提供担保的香浓气味的咖啡。夫人在忙，她把她那羞涩、迟钝、忧郁的目光转向窗外望了一眼，她看到了布莱斯，神情变得更羞涩、更窘迫了。"堕天使"欠她二十比索。他鞠了一躬，就像过去给那些没赊给他什么，也不因他感到窘迫的女人鞠躬一样，然后就走了。

店主和他们的伙计正纷纷打开结实的木门。在布莱斯摆出旧日的风光姿态，试探性地在他们面前晃过时，他们只报以客气但冷漠的眼神。因为，他们几乎无一例外，都是他的债主。

在广场上的小喷泉那里，他打湿手帕，将就着洗了把脸。在开阔的广场另一边，犯人的亲友们凄凄惨惨地排成一列，给被关在监狱里面的人送早饭。他们手上的食物不大能勾起布莱斯的向往。让他心心念念的是酒，或者能拿去买酒的钱。他在街上遇到不少过去的朋友以及与他地位相同的人，他们的耐心和义气已被他逐步耗尽。威拉德·格迪和葆拉每天都要沿老印第安路骑行一段，这会儿刚回来，放慢了马蹄从他

---

[1] 吗哪，《圣经》中提到的一种神赐的食物。正因为有了吗哪，出埃及的以色列人才能在荒芜的旷野上存活下来。

身边经过，冲着他极为冷淡地点了点头。在另一个街角，凯奥愉快地吹着口哨，拎着给自己和克兰西当早饭的鸡蛋与"堕天使"擦肩而过。这个乐天的求财急先锋是那些频繁掏腰包来接济布莱斯的献祭者之一。但现在看起来，凯奥也打定主意要严防死守，以免遭到进一步侵袭。粗疏无礼的招呼，以及瞪得溜圆的灰眼睛里的凶光，催促着因为身陷绝境，所以差点一时兴起再试着"借"一次的"堕天使"加快脚步走了过去。

这孤苦伶仃的人又接连跑了三家酒店。在这几家店里，他早就耗尽了自己的财产和信用，也耗尽了人家的待客热情；但在那个早晨，为了一口烧酒，布莱斯愿意脸着地，伏在敌人脚下说好话。两家酒店以比骂他还使他难受的方式委婉拒绝了他勇敢的请求。第三家则有些美国化了，直接架着他的手臂和膝盖，把他丢了出去。

身体的受辱让这个男人起了奇特的变化。在爬起来走开的时候，他的脸上浮现出胸有成竹的表情。原先刻在上面的虚假讨好的微笑，被冷静阴险的决绝取代了。"堕天使"在这个卑贱之海中扑腾着，手里攥着丢他下船的那个体面世界留给他的唯一一根纤细的生命线。他一定发觉这条线在最近的这次冲击中绷断了，也一定体验到停止挣扎的溺水者的那种如释重负的快意。

布莱斯走到下一个街角就停了下来，掸掉衣服上的沙土，又抹了抹他的眼镜。

"我必须这么干了——必须这么干,"他大声地对自己说,"只要还有一夸脱朗姆酒,我绝对还能拖下去——再拖一阵子。但'堕天使'——他们是这么叫我的——再也弄不到酒了。以塔耳塔洛斯[1]之火的名义起誓!即使要我坐在撒旦的右手边,也得有人给我把账单付清。得让你破费了,弗兰克·古德温先生。你是个好人;但一个绅士被人踢进阴沟里了,他得找人拉他一把。'敲诈'不是个体面的词儿,但我走到这一步,回不了头了。"

布莱斯迈着坚定的步伐,迅速穿过镇子,向远离海岸的郊区走去。他路过贫苦黑人肮脏的聚居区,以及更贫苦的混血儿住的像画一样好看也像画一样脆弱的棚屋。这一路上,他可以在好几处位置,让目光翻越荫翳的林地,望见弗兰克·古德温位于树木繁盛的小山上的房子。走过潟湖上那座小桥时,他看到印第安老头加尔维斯正在擦洗那块烙有米拉弗洛雷斯名字的木板。在潟湖之上,隶属于古德温的土地开始以平缓的坡度渐渐抬升。一条被茂密而多样的热带植物荫蔽着的草径,沿着外围香蕉林的边缘曲曲折折地向那座住宅趋近。布莱斯意志坚定,大步流星地走上了这条道路。

---

[1] 塔耳塔洛斯,希腊神话中主神宙斯囚禁泰坦巨神的地方,其中遍布永恒的烈火。

古德温坐在家里最凉爽的走廊上，对他的秘书，一个面黄肌瘦但颇具才干的土著青年口述信件。这户人家坚守美国人的惯例，在接近一小时之前就吃过早餐了。

那个难民走上台阶，挥了挥手。

"早上好啊，布莱斯，"古德温抬头看着他，说道，"进来坐下。有什么需要我效劳的吗？"

"我想跟你单独谈。"

古德温冲秘书点点头，这人便溜达出去，到一棵芒果树底下抽烟去了。布莱斯拉过那张空出来的椅子，坐下了。

"我要钱。"他直截了当地说。

"抱歉，"古德温也毫不拐弯抹角地回答，"没钱给你。你快把自己喝死了，布莱斯。你的朋友想尽办法帮你振作，但你自甘堕落。给你钱也不能救你，只能让你作践自己，算了吧。"

"亲爱的朋友，"布莱斯向后一靠，把椅子都靠斜了，他说，"我现在跟你谈的不是经济问题，谈经济问题的时机已经过去了。我喜欢你，古德温；不过，我不得不跟你来狠的了。今早我被埃斯帕达的酒店给轰出去了；社会伤害了我的感情，必须得赔偿我。"

"我没有轰你走。"

"是的；但广义上讲，你代表社会；狭义上讲，你代表我最后的机会。我到了不能不这么干的地步，老兄，在一个月前，洛萨达的人在这里折腾的时候，我就打算这么干了；但那时我下不了手。现在不同了。我要一千美元,古德温,你必须得给我。"

"上星期,"古德温微笑着说,"你要的也不过就一块钱。"

"这表明,"布莱斯轻佻地说,"尽管承受重压,我仍不失为一个君子。罪的工价[1]总比合四十八美分的一个比索要高些。咱们谈点买卖吧。我是这出戏到了第三幕才出场的反派,非把我应得的——哪怕只是一时的——风光争到手不可。我看到你拿走了已故总统的一箱赃款。唔,我知道这是敲诈;但我开价很公道。我知道我只是个小角色——定期演出的草台班里的一员——不过,你是我最要好的朋友之一,我不想对你做得太绝。"

"请你详细地说一说。"古德温提议,同时平静地整理桌上的信件。

"好吧,""堕天使"说,"我欣赏你的态度。我瞧不起装腔作势的人;所以,请你平心静气地听我说,不要冒火,不要变脸,也不要亮出你的大嗓门。

"那位夜奔的贵人到达镇子的那天晚上,我喝得烂醉。请原谅,说起这个,我有点忘形;毕竟对我来说,能喝到这种妙境是相当难得的。奥娣斯太太的小院里,有人在橘子树下

---

[1] 罪的工价,典出《新约·罗马书》第6章第23节:"……罪的工价乃是死……"

支了一张简易床，这会儿还没收回去。我翻墙进去，躺在上面睡着了。一颗橘子从树上落下来，掉在我鼻子上，把我打醒了；我躺在那儿骂了一会儿艾萨克·牛顿，或随便哪个发明万有引力的家伙，质问他为啥不把他的原理限定在苹果上。

"然后，米拉弗洛雷斯先生和他的真爱就带着那只装着整个国库的手提箱来了。他们进了旅馆，接着你也走进了我的视线。你和那个剃头匠开了个小会，那人非要跟你介绍他之前做的一单生意。我想再睡，但我的清静再次被打扰——这回从楼上传来一声枪响。之后，那只皮箱砸在我头顶的橘子树上面；我怕等下要下一场箱子雨，就从床上爬了起来。军队和警察匆忙把勋章和饰带别在睡衣上，边跑边抽出他们的短刀，陆续赶了过来。我爬到一棵香蕉树底下，躲了一个小时，一直等骚乱平息，人们各自散去。接着，我亲爱的古德温——不好意思——我看到你偷偷溜回来，从橘子树上摘走了那只成熟多汁的行李箱。我跟着你，亲眼看着你把它带回自己家里。一棵橘子树一季创收十万美元，这大概打破了水果种植业的纪录。

"那会儿我还是个绅士，当然不会对任何人提起这个插曲。但是今天早上，我被一家酒店轰了出来，我的礼法已经被撕碎了，为了三根指头就能拈起的一杯酒，我能卖了我妈妈的祈祷书。我不想咄咄逼人。这一千块对你来说，应该花得挺值，而我呢，我会当自己在整件事的过程中一直在那张简易床上睡觉，从没醒过，也什么都没看见过。"

古德温又拆开了两封信,用铅笔备注了几个字,然后冲他的秘书喊道:"曼纽尔!"对方敏捷地应声而来。

"'瞪羚号'几点钟开船?"古德温问道。

"先生,"那年轻人回答,"今天下午三点。它先是沿海岸下行到蓬塔索尔达去装满水果,之后就直接开到新奥尔良。"

"很好!"古德温说,"这些信件可以晚些再处理。"

秘书又回到芒果树底下抽烟去了。

"大概算算,"古德温与布莱斯正面相对,说道,"除去你从我这'借去'的款子,你在镇上总共欠了多少钱?"

"粗略估计一下——五百块吧。"布莱斯轻描淡写地回答。

"到镇上随便找个地方,把你欠的债列张清单,"古德温说,"过两个小时再回来,我会给曼纽尔钱,让他帮你清账。我还会给你准备一身体面的衣服。三点钟,你要坐'瞪羚号'出海去。曼纽尔会把你送上船。等到了那儿,他会给你一千美元现金。我想,关于你该怎么回报的问题,咱们就不必讨论了。"

"哦,我明白,"布莱斯愉快地接住话头,"我在奥娣斯太太的橘子树下睡熟了,一直没醒;而且我永远不会在柯拉里奥露面了。我这人很公道。忘忧果,我已经吃够了。你的建议很不错。你是个好人,古德温;我呢,对你也算手下留情。你的一切安排,我都赞同。但是目前——我渴得着了魔,老兄——"

"一个子儿也休想拿到,"古德温坚决地说,"等你上了'瞪羚号'再说。现在你要是有了钱,不用半小时就喝醉了。"

但他留意到"堕天使"的眼球布满血丝,身体绵软无力,双手抖个不停,于是就跨过矮窗,去餐厅拿了一个杯子和一瓶白兰地回来。

"得了。在走之前,给你提提神吧。"他提议道,口气就像在招待一位朋友。

一看到这件能点燃灵魂的慰问品,"堕天使"布莱斯的眼睛就变亮了。今天,他没能为中毒的神经弄到所需的镇定剂,这还是破天荒头一遭;它们的抗议在折磨他,让他越来越难受。他用颤抖的手紧紧抓住酒瓶,把瓶口倾到杯子上,弄出乒乒乓乓的撞击声。他斟满了酒,然后站得笔直,把酒杯举到半空。在那个稍纵即逝的瞬间,他在深渊之中,将头探出了没顶的巨浪。只见"堕天使"布莱斯潇洒地朝古德温点了点头,举起满溢的杯子,就像他那座古老的失乐园中人们常做的,嘴里嘟哝了一句"祝你健康",之后,令人猝不及防地泼掉了手里的白兰地,搁下了杯子,一口也没尝。

"两个钟头以后再见。"他迈下台阶,将脸转往镇子的方向,张开干裂的嘴唇,低声对古德温说道。

在凉爽的香蕉林边上,"堕天使"停下脚步,勒紧皮带,把带扣插进里面的扣眼。

"我不能那么做,"他激动地对随风轻摆的香蕉叶解释着,"我很想,但不能。一个绅士不能跟他敲诈过的人喝酒。"

Chapter 12 鞋子

约翰·德·格拉芬里德·阿特伍德把忘忧果的根、茎、花都吞了下去。而热带也把他吞进了肚子，让他一门心思投入其中的事业，就是忘记罗西妮。

吃忘忧果的时候，很少有人不放调味料的。这见鬼的调味料是由酿酒师傅烹制出来的。在约翰尼的菜单卡上，它的名字读作"白兰地"。晚上，他和比利·凯奥会带着一瓶酒，坐在小领事馆的凉廊上，大声吼着粗野的歌，路过的本地人则会匆匆溜过去，耸耸肩，对自己嘟哝一句："该死的美国佬。"

一天，约翰尼的仆人拿来一些信件搁在桌子上。约翰尼在吊床上支起身子，颓丧地用手指翻了翻那四五封信。凯奥坐在桌子边上，用一把裁纸刀懒洋洋地切一只从文具中间爬过的蜈蚣的腿。约翰尼正处在吃过忘忧果之后，觉得世上的其他东西都索然无味的阶段。

"还是老一套！"他抱怨道，"傻瓜们来信询问这个国家的情况。他们想知道关于种植水果的一切，还想知道怎样不劳而获。其中的一半人连回信的邮票都没附上。他们以为领事除了写信就没别的事做。帮我把这些信拆了吧，老兄，再看看他们想干吗。我实在是爬不起来了。"

凯奥已经适应了此地的水土，什么都不能让他感到糟心，他把椅子挪到桌边，粉红色的面颊上泛起顺从的笑容，开始动手拆信。其中四封是美国各地的市民写来的，这些人似乎把柯拉里奥的领事当成了一部有问必答的百科全书。他们问了一长串的问题，给它们编号排序，内容涉及领事光荣地代表本国被派驻的这个国家的气候、物产、发展前景、法律、商业机会和统计资料。

"回信给他们，拜托了，比利，"那位动弹不得的官员说道，"写一行字就行了，让他们去查最近的领事报告。告诉他们国务院会很乐意分享这些奇文的。签上我的名字。别把你的笔弄得太响，比利；别吵得我睡不着觉。"

"别打呼噜，"凯奥和和气气地说，"我替你工作就是。话说回来，你需要一个军团的助手来帮你。搞不懂你之前是怎么写出报告来的。醒醒！等会儿再睡！——这还有一封信——是从你的家乡达拉斯堡寄来的。"

"所以呢，"约翰尼咕哝着，似乎是出于礼貌才适当地表现出一些兴趣,"写了什么?"

"邮政局长写的,"凯奥解释道,"说是镇上有位公民要向你请教一些事情。还说那位公民正在盘算着到你这里来开家鞋店,想知道你觉得这生意有没有赚头。他听说这片海岸十分繁荣,想抢占先机。"

尽管天气炎热,而且心情不佳,约翰尼还是笑得连吊床都摇晃起来。凯奥也笑了;书架顶上的那只宠物猴见到这封达拉斯堡寄来的信遭到如此嘲讽,便叽叽呱呱地叫着,似乎在打抱不平。

"多棒的想法,"领事嚷着,"开鞋店!我很好奇他们接下来还会问什么。我猜是大衣厂吧。比利,你说说看——在咱们这里的三千个居民当中,有几个这辈子曾经穿过鞋子的?"

凯奥认真照办:"让咱们数数——你和我,还有——"

"没我,"约翰尼迅速地以不合语法的方式截住话头,抬起一只套在满是破洞的鹿皮鞋里的脚,"我已经好几个月没被鞋子折磨过了。"

"不过你还是穿的,"凯奥继续说道,"还有古德温、布兰查德、格迪、老卢茨、格雷格医生、代理香蕉公司的意大利人、老德尔加多——不,他穿凉鞋的。还有,对,还有旅馆的女老板奥娣斯太太——那一晚她穿了一双红色便鞋参加舞会。她的女儿帕莎小姐去美国念的书,带了鞋子回来,也通过鞋子,带回了一些文明的观念。部队指挥官的妹妹到了过节的时候也会在脚上打扮一下,格迪太太穿着一双卡斯蒂利亚式的皮鞋——女人里,穿鞋的就这些了。咱们再想想——营房里的士兵有没有——不,是这样的,只有行军的时候,他们才准穿鞋。在军营里,他们直接光着脚踩在草地上。"

"可以了,"领事表示赞同,"三千个人里,走路需要用到皮革的人不超过二十个。哦,是的,柯拉里奥正需要一家雄心勃勃的鞋店——但一点也不需要它卖的货品。老帕特森敢情在跟我闹着玩呢!他的肚子里装满了被他叫作'笑话'的东西。给他写信,比利。我说你写。咱们也回他一个小小的玩笑。"

凯奥给笔蘸了墨水,记下约翰尼口述的话。中间,他们停顿了很多次,抽烟,把各种酒瓶递来递去,一次次斟满酒杯,终于生生编出了给达拉斯堡的回信。

亚拉巴马州,达拉斯堡
奥巴迪亚·帕特森先生

亲爱的先生:我于七月二日收到您的来信,现作回复。关于垂询之事,我郑重告知您,依我看,世上凡有人居住的地方,再无他处比柯拉里奥更显而易见地需要一家一流的鞋店了。此地有多达三千居民,却连一家鞋店也没有!情况不言自明。这片海岸迅速地

引来了众多志向远大的商业人士，但鞋子生意却遗憾地被忽视，或被错过了。事实上，目前这里有占相当大比重的居民都还没有鞋子。

除上述内容外，这里还迫切需要啤酒厂、高等数学学院、煤场，以及纯洁而又聪慧的木偶表演。很荣幸与您通信。

您忠实的
约翰·德·格拉芬里德·阿特伍德
美国驻柯拉里奥领事

又及：你好啊，奥巴迪亚叔叔。咱们那座老城现在搞得怎么样？没了你跟我，政府能干成什么事啊？等等我给你寄一只绿头鹦鹉和一串香蕉过去。

你的老朋友
约翰尼

"我加上那段附言，"领事解释道，"奥巴迪亚叔叔就不会被这封官方口吻的信件搞得不痛快了！好了，比利，你整理一下这些信件，派潘乔送到邮局去。如果今天能装完水果的话，'阿里阿德涅号'明天就能把这些信带走了。"

柯拉里奥的晚间节目永远一成不变。人们的消遣单调无趣。他们赤着脚，漫无目的地兜圈子，小声说话，抽着香烟或雪茄。俯视灯光昏暗的街道,看到的仿佛是与疯狂飞舞的萤火虫纠缠在一起的一列杂乱无章的深色皮肤的鬼魂。一些房子里传出哀伤的吉他声,给忧郁的夜晚又添了几分凄凉。巨型树蛙在浓荫中高声鸣叫,像黑脸秀[1]中在边儿上起哄的"响板先生"一样聒噪。到了九点钟,街上几乎就空无一人了。

领事馆的娱乐也不常更新。凯奥每晚都去那儿,因为官署里那条面海的小走廊是柯拉里奥唯一凉爽的地点。

白兰地一直被传来递去;临近午夜,自我流放的领事内心情思翻涌。之后,他就会将自己那已经结束的罗曼史吐露给凯奥听。每个晚上,凯奥都耐心地听同一个故事,随时准备献出永不枯竭的同情。

"但你可别以为,"约翰尼总是这样结束这个伤心的故事,"我还会为那个姑娘而感到痛苦,比利。我已经忘了她。她再也不会闯进我的心扉。即使她现在就打开那扇门走进来,我的脉搏也不会加快一拍。我们早就了断了。"

---

[1] 黑脸秀,是曾在十九世纪的美国流行的一种带有种族主义色彩的表演形式。黑脸秀剧团的白人演员们在演出时将面部涂黑,假扮黑人,有时也会由黑人演员直接演出黑人角色。成熟期的黑脸秀表演有固定的模式,一般分为三幕,由歌舞和滑稽戏混搭而成;同时,表演中也会有几个固化的功能性角色:包括一个站在舞台或表演场地中央,起到主持人作用的角色,以及几个在舞台或表演场地的边边角角,拿着小鼓和响板(即"小鼓先生"和"响板先生")负责起哄的滑稽角色。

"我怎么会不懂?"凯奥会这样答话,"你当然已经忘了她。这就对了。她实在不该听信那个——呃——丁克·鲍森编排你的那些话。"

"平克·道森,"约翰尼的舌头仿佛汇集了对万物的轻蔑,"就是个可怜的白种废物!有五百英亩的农田;他就靠这个。别让我逮到机会,总有一天我也要给他点颜色看看。道森家没一个像样的。在亚拉巴马州,没人不知道阿特伍德家。我说,比利——你知道我妈妈是德·格拉芬里德的族人吗?"

"不知道啊,"凯奥会说,"原来是这样啊?"其实,他已经听过三百遍了。

"真的。汉考克郡的德·格拉芬里德。反正我不再想着那个姑娘了,是吧,比利?"

"一点也不想了,兄弟。"这是那个制服了丘比特的人听到的最后一句话。

这个时候,约翰尼缓缓地滑进了温和的睡乡,凯奥就出去溜达,一直走回自己位于广场边上葫芦树下的小屋里。

一两天之内,柯拉里奥的流亡者们就把达拉斯堡邮政局长的来信和他们自己的回复抛在脑后了。但在七月二十六号那天,这一系列事件却因那封回信而结出了最终的果实。

定期到柯拉里奥来运水果的轮船"安达多尔号"驶入近海,下了锚。检疫医生和海关人员划了小船去执行任务时,岸上站了一排看热闹的闲人。

一小时之后,比利·凯奥穿着清爽的麻布衣服,优哉游哉地走进了领事馆,咧嘴笑着,就像一只愉快的鲨鱼。

"你猜怎么着?"他对懒洋洋地躺在吊床上的约翰尼说。

"太热了,不猜。"约翰尼有气无力地说。

"你那位鞋店老板来啦,"凯奥舌头里裹着一块糖,说道,"他带了一大批货,足够供应从这里直到火地岛的整片大陆。他们这会儿正想办法把他的货箱运到海关去。往岸上搬的时候,六条驳船都给装得满满的,一趟还运不完,还得回去装剩下的货。哦,天,真叫人开了眼了。等他搞懂了这个笑话,找领事先生面谈,那才真是一场盛会!能亲眼见证这欢乐的时刻,我在热带消磨的这九个年头也就值啦。"

凯奥喜欢以舒服的姿势大笑。他在铺地的席子上选了块干净的地方躺了下来。连墙都被他的笑声震得摇晃起来。约翰尼半转过身,眨了眨眼睛。

"不是吧,"他说,"竟然真有人笨到会把那封信当回事。"

"价值四千美元的货!"凯奥狂笑着,气喘吁吁地说,"这等于送煤去纽卡斯尔[1]!他干吗不顺便再运一船芭蕉叶扇子去斯匹次卑尔根岛[2]呢?我看到那个怪老头站在海滩上。当他戴

---

1 纽卡斯尔,从十六世纪开始一直是英国的煤炭输出港,"送煤去纽卡斯尔"是一句俚语,意指行事荒诞。
2 斯匹次卑尔根岛,是挪威的斯瓦尔巴群岛中最大的岛屿,那里靠近北极,气候极为寒冷。

好眼镜，斜着眼睛环顾围成一圈站着的那五百多个赤脚公民的时候，你真该在那儿瞧瞧他的表情。"

"你说的是真的吗，比利？"领事没精打采地问道。

"哪会有假？你该看看那位上当的绅士带在身边的女儿。瞧啊，跟她一比，咱们这儿那些红褐色的小姐都成了柏油娃娃。"

"说下去，"约翰尼说，"不过，最好别再傻笑了。我讨厌看到一个成年人把自己搞得跟只憨笑的土狼似的。"

"名字叫赫姆斯泰特，"凯奥继续说道，"他是个——喂！怎么啦？"

约翰尼身子一扭，下了吊床，穿着鹿皮鞋的脚重重地砸在地板上，发出砰的一声。

"起来，你这白痴，"他厉声说，"不然我就要用墨水瓶敲你的头了。那是罗西妮和她父亲。天啊！老帕特森真是蠢到家了。起来，快，比利·凯奥，你得帮我。该死的，咱们到底该怎么办？难道整个世界都发疯了吗？"

凯奥站起来，拍拍身上的尘土，勉强恢复了正经的模样。

"事已至此，约翰尼，"在终于让自己严肃起来之后，他说，"你不说，我怎么也想不到那就是你喜欢的姑娘。第一件要解决的事是给他们找个舒服的住处。你先去海滩应付一下局面，我要赶去古德温家，看看古德温太太是否愿意收留他们。她家的房子是镇上最体面的了。"

"感谢你，比利，"领事说，"我知道你不会不管我的。事情早晚得败露，但也许咱们能拖上一两天。"

凯奥撑开了他的阳伞，往古德温家去了。约翰尼穿戴好衣服和帽子，拿起了白兰地酒瓶，还没喝就又放了回去，然后，他鼓足勇气迈着大步向海滩走去。

在海关建筑的墙影里，他找到了被一大群目瞪口呆的本地居民包围着的赫姆斯泰特先生和罗西妮。海关人员在这边看看，那里摸摸，"安达多尔号"的船长正向他们解释新来的人所从事的营生。罗西妮看起来健康、充满活力。她瞅着周围的奇景，表现出找乐子的兴致。在问候这位昔日的追求者时，她圆润的面颊上浮起了一朵红云。赫姆斯泰特先生十分亲切地同约翰尼握手。他是个过时的、不切实际的人——那许多从不知足、永远在投机的游方商人中的一员。

"很高兴见到你，约翰——我可以叫你约翰吗？"他说，"我得感谢你及时回信解答了邮政局长的问询。他主动要求代我写信给你。我正到处寻摸一些不同路数的赚钱买卖。我从报纸上看到，这片海岸吸引了许多投资家的关注。你建议我来这里，我十分感激。我变卖了所有资产，拿这笔款子收购了一批北美地区最好的鞋子。你们这个小镇真是风景如画啊，约翰。但愿这里的生意能符合你那封信带给我的期望。"

凯奥的到来减轻了约翰尼的苦恼，他匆忙赶来通知，说古德温太太非常乐意腾出房间供赫姆斯泰特先生和他女儿使用。于是，赫姆斯泰特先生和罗西妮立刻被领去休息，以平复旅途的劳顿，约翰尼则去照看那些装着鞋子的货箱，保证它们安全地堆进海关的仓库，以供关员们检查。凯奥像条鲨鱼一样咧着嘴四处游弋，寻找古德温，想知会他一声，别向赫姆斯泰特先生泄露柯拉里奥的鞋市行情，直到约翰尼逮着机会挽回局面，如果确实有这种可能的话。

当天晚上，领事和凯奥在凉风习习的领事馆走廊上进行了一轮无望的磋商。

"送他们回家。"凯奥揣摩着约翰尼的心思，先开口探风向。

"我会的，"约翰尼沉默了一会儿之后说，"可是，我对你撒谎了，比利。"

"没事儿。"凯奥和善地说。

"我跟你说过几百遍，"约翰尼慢吞吞地说，"说我已经忘了那姑娘，对吗？"

"大概三百七十五遍吧。"凯奥给自己的耐性立了一块纪念碑。

"我在撒谎，"领事重复道，"每回都是。我没有一分钟不想她。我真是一头倔驴，她只说了一次'不'，我就忙不迭地逃离。我又是个骄傲的笨蛋，一旦决定就回不了头。今晚，在古德温家，我和罗西妮聊了一会儿。我弄明白了一件事。你还记得那个老是缠着她的庄稼汉吗？"

"丁克·鲍森？"凯奥问。

"平克·道森。好吧，对于她，他也不是一文不值。不过她说，他告诉她的有关我的那些话，她一个字也不相信。但我现在没有退路了，比利。咱们寄出的那封愚蠢透顶的信把我剩余的机会都葬送了。当她发现她的老父亲成了这个玩笑的牺牲品，她会恨死我的，但凡是个懂点规矩的小学生都不至于造这种孽。鞋子！即使他在柯拉里奥开二十年鞋店，也不见得能卖掉二十双鞋。你给一个加勒比人或者棕皮的西班牙小伙儿穿上鞋子，他会怎么做呢？他会倒立起来，狂呼乱叫，直到把它从脚上甩掉。他们当中，以前没人穿过鞋子，以后也没人会穿鞋子。如果要打发他们回家，我就不得不把这事说清楚，她会怎么看我？我比以往更想得到这姑娘，比利，可现在，眼看对她触手可及的时候，我却永远失去了她，就因为在气温计的指针指向一百零二度的时候，我还有心开玩笑。"

"开心一点，"乐观的凯奥说道，"让他们开店好了。我今天忙了一个下午。不管怎么样，咱们还能在鞋业领域掀起一阵临时的繁荣。店一开张，我就去买六双鞋。而且，我看遍了所有的朋友，向他们解释这场横祸。他们都会勤买鞋子，把自己当成蜈蚣。弗兰克·古德温会买好几箱。格迪夫妇大概要买十一双。克兰西打算去店里花掉几个星期的收入，就连老格雷格大夫也要买三双鳄鱼皮便鞋，只要他们有十号尺码的。布兰查德见过赫姆斯泰特小姐了，作为一个法国男人，至少也得买一打。"

"十几个主顾,"约翰尼说,"四千美元的鞋!行不通的。眼下有个大麻烦需要解决。你回家吧,比利,让我一个人待一会儿。这事儿,我得自己担起来。把这瓶三星白兰地带走——我不喝了,先生;美国领事再也不喝酒了。今晚我就坐在这里,专心思考对策。只要能在这个难题当中找到一个突破口,我就会切入进去。如果没有,这片瑰丽的热带就又成功地摧毁了一个人。"

凯奥觉得自己无能为力,就走了。约翰尼在桌子上放了一把雪茄,躺进了一张帆布椅。曙光乍现,把近港的海波染成银色,他仍旧坐在原地。之后,他站起来,吹着一支小曲,去洗了个澡。

九点钟,他走到又脏又小的电报所,在一张电报纸上趴了半个小时。这番努力的成果就是下面的这封电报,他签了字,付了三十三美元把它发了出去:

给平克尼·道森

亚拉巴马州,达拉斯堡

兹从邮局汇一百美元给你。请即运五百磅干牛蒡草来。在此处工厂能派上新用场。市价每磅二十美分。可能还会下单。急用。

Chapter 13 船

不到一个星期，他们就在大街上租得了一所合适的房子，赫姆斯泰特先生的那批鞋子都摆上了货架。这间店铺的租金适中，雪白的鞋盒排得整齐好看，十分引人注目。

约翰尼的朋友全心全意地支持他。新店开张头一天，凯奥差不多每隔一小时就若无其事地进去逛一次，买了不少鞋子。宽底鞋、长筒靴、带搭扣的山羊皮鞋、低帮皮鞋、跳舞鞋、胶靴、各种款式的鞣革鞋、网球鞋和绣花拖鞋，每个品种他都买了一双。之后，他还找约翰尼请教其余他也许会要的鞋种的名称。别的讲英语的居民也慷慨解囊，一次次、一双双地买鞋，演完了各自的戏份。凯奥是大统帅，给他们分配任务，一连几天，使鞋店的生意保持稳定。

截至目前，赫姆斯泰特先生对已经取得的营业额感到满意；但对于在土著们那里遭到的冷遇，他表示惊讶。

"哦，他们特别害羞，"约翰尼紧张兮兮地抹了抹额头，解释道，"他们很快就会习惯的。他们只要一来，就是一窝蜂地来。"

一天下午，凯奥叼着一根没有点着的雪茄，若有所思地走进领事的官署。

"你还有什么妙招吗？"他问约翰尼，"如果有，现在就该使出来了。如果你会那种魔术，向观众借一顶礼帽，就能从里面变出许多顾客来买走这批无人问津的皮鞋，你就赶快演吧。兄弟们都囤够了今后十年的鞋子；这会儿再去鞋店，除了东看西看，就没别的事能做了。我刚经过那里，你那位值得尊敬的牺牲品站在门口，透过眼镜盯着那些打他店门外经过的光脚板。这里的土人有实打实的艺术禀赋。今早，不到两个小时，我和克兰西就拍了十八张锡版相片。但一整天过去，他家的鞋子才卖掉一双。布兰查德进去买了一双毛边的家居鞋，因为他以为自己看到赫姆斯泰特小姐走进了店里。我看到他把鞋子扔进了后面的环礁湖。"

"明后天有一艘莫比尔公司的水果船开进来，"约翰尼说，"在那之前，咱们什么都做不了。"

"你打算怎么做——想创造需求吗？"

"政治经济学可不是你的强项，"领事不客气地说，"不可能创造需求，但你可以创造产生需求的必要条件。这就是我要做的。"

领事发出电报之后，过了两个星期，一条水果船给他带来一件巨大、神秘、装着未知物品的棕色邮包。约翰尼对海关的人有相当大的影响力，没有经过例行检查就拿到了货。他叫人把邮包搬到领事馆，稳稳当当地藏进了里面的房间。

当天晚上，他割开了邮包的一角，掏出了一把牛蒡草，拿在手里细心查看着，就像一位勇士在为了爱人与生命出征之前，查看他的武器一般。这种扎人的植物是八月里长成的，和榛子一样硬，长满了像针那样坚韧锋利的芒刺。约翰尼轻轻地吹着一支小曲，出去找比利·凯奥了。

在后半夜，当柯拉里奥沉入梦乡的时候，他和比利来到空无一人的大街，两人的外套像气球似的被什么塞得鼓鼓囊囊的。他们在大街上来回走动，一丝不苟地把刺人的牛蒡草撒满沙地、狭窄的人行道，以及寂静的房屋中间的每一寸草坪。之后，他们走遍了小街僻巷，一条也没落下。但凡男人、女人和孩子有可能落脚的地方，一处都没放过。他们又去囤东西的地方拿牛蒡草，往返很多趟。临近破晓时分，他们知道自己的播撒工作就像撒旦播种稗子那般精确[1]，就像保罗种植麦子那般坚持，于是就像凭借修正战略反败为胜的大将军，安心地躺下休息了。

---

1 此处与《圣经·新约》中的典故有关，据说魔鬼会在人们播种的时候在麦种里掺入稗子。

太阳升起的时候，卖水果和肉类的商贩都来了，给小市场的每个角落都摆满了他们的货。市场坐落于小镇的另一头，靠近海岸；牛蒡草没有撒到那么远的地方。早过了以往开市的时间了，小贩们还没等到第一单买卖。"怎么回事？"他们开始一来二往地嚷嚷起来了。

女人们照例在这个时间，从砖房、棕榈屋、茅草棚和昏暗的天井里出来。黑色女人、棕色女人、黄色女人，还有柠檬色女人、焦糖色女人、茶色女人，都钻出来了。她们要上市场去采购家用的木薯、芭蕉、肉、禽和玉米烙薄饼。她们只穿一条遮住膝盖的裙子，低胸露肩，光着胳膊和脚，迟钝地瞪着一双大眼睛，跨出门外，踏到窄巷或柔软的草径上。

头一批现身的人嘴里含含糊糊地怪叫了几声，急忙抬脚，再往前迈一步，坐在地上，惊痛交加地尖叫着，摘去叮咬她们脚板的那些从未见过的虫子。"该死的鬼东西！"她们隔着狭窄的小路对彼此呼喊。有几个人试着避开道路，从草地走，可还是被这种奇怪的刺球扎得苦不堪言。她们重重地坐在草坪上，像她们那些在沙地里的姐妹一样哀号起来。整个镇子都能听到女人们叽叽呱呱的悲叹。市场里的摊贩还在好奇为什么没有顾客上门。

接着轮到男人们——世界的主宰——出场了。他们也一样，蹦、跳、瘸、骂，或是呆若木鸡地站着，或是弓下腰，想拔去突袭他们脚板和脚踝的灾殃。有些人大声宣布这些害虫是一种不知名的毒蜘蛛。

然后，孩子们都跑出来玩了。于是，原先的那阵喧哗里如今又添上了被扎得一瘸一拐的小孩的哭闹声。那是个飞驰而过的日子，每一分钟都会送来一个新的受难者。

堂娜玛利亚·卡斯提拉·耶·布埃纳文图拉·德·拉斯·卡萨斯按往日的习惯，迈出她那高贵的门口，去街对面的面包店取刚出炉的面包。她穿了一条黄绸缎的花裙子，一件起皱的亚麻布衬衫，脸上蒙了一块西班牙生产的紫色头纱。只可惜，她那双浅黄色的脚是赤裸的。她的步态尽显威仪，她的祖先岂不是阿拉贡的大公？她在天鹅绒般的草地上前进了三步，便把出自贵族的脚底落在了约翰尼播撒的一堆刺球上。堂娜玛利亚·卡斯提拉·耶·布埃纳文图拉·德·拉斯·卡萨斯像只野猫一样，飙出一声厉啸，身子一扭，跌了个狗啃泥，爬着——仿佛一头野兽，手脚并用——回了她那高贵的门槛。

体重两百四十磅的治安官堂伊尔德方索·费德里科·瓦尔达扎尔先生，正试着把这副千金之躯搬到广场一角的小酒店去，以便纾解晨渴。他那只不着鞋袜的大脚甫一踏上冰凉的草地，便立刻踩中了隐藏的矿脉。堂伊尔德方索像一座朽败的教堂似的轰然倒塌，大叫着，说自个儿被致命的毒蝎叮了，此刻命在旦夕。不穿鞋子的公民们在各个角落蹦蹦跳跳、跌跌撞撞、踉踉跄跄，忙着从脚上摘掉那些夜间来犯的毒虫。

第一个想到补救措施的是理发师埃斯特班·德尔加多，一个见过世面、受过教育的人。他坐在石头上，拔脚趾上的刺，发表了一通演说：

"朋友们，瞧啊，这些魔鬼的甲虫！我很了解它们。它们像鸽子一样聚成一团飞过天空。这些死虫子一直往下掉，掉了一整夜。我以前在尤卡坦看到过，它们就跟橘子一般大小。是啊！它们像蟒蛇一样嘶叫，像蝙蝠一样盘旋。是鞋子——我们需要的是鞋子！鞋子！——给我鞋子！"

埃斯特班一瘸一拐地走去赫姆斯泰特先生的店里，买了鞋子，然后有恃无恐地回到街上，高声咒骂那些魔鬼的虫子。那些受苦的人坐起身，或者干脆用一只脚站起来，都望向那个免于遭罪的剃头匠。男人、女人和孩子一齐喊了起来："鞋子！鞋子！"

需求的必要条件已经被创造出来。需求紧随其后。那天，赫姆斯泰特先生卖掉了三百双鞋。

"真叫人吃惊，"他对今晚专程来帮他整理存货的约翰尼说，"生意竟然这么好。昨天我才做了三单生意。"

"我告诉过你，他们只要一起个头，就会闹出大动静。"领事说。

"我想，我还得再订十二箱货，以保证供应。"赫姆斯泰特说，炯炯的目光从眼镜背后透射出来。

"换作是我，还不会有进货的打算，"约翰尼建议道，"最好观望一下,看看这种态势能否维持下去。"

约翰尼和凯奥每晚播下的庄稼,到了白天就结出美元。十天过去,鞋子卖出了三分之二,牛蒡草却用尽了。约翰尼给平克·道森拍了一封电报,按照之前谈好的每磅二十美分的价格,又买了五百磅。赫姆斯泰特先生认认真真地拟了一份订单,要向北美的企业再订购价值一千五百美元的鞋子。约翰尼在店里一直待到这张单子被装进信封里,然后又在它到达邮局之前把它毁掉了。

那天晚上,他把罗西妮带到古德温家走廊边的芒果树下,对她坦白了一切。她逼视他的眼睛,说道:"你真是个坏家伙。看来,爸爸和我得回家了。你说这只是个玩笑?我觉得这种事严肃得很。"

但是,在讨论了半个小时之后,谈话被转移到一个全然不同的主题。这两人开始商议,结婚之后,在达拉斯堡阿特伍德家殖民风格的古老豪宅里,是糊淡蓝色还是粉红色的墙纸更为美观。

第二天早上,约翰尼对赫姆斯泰特先生挑明了真相。鞋店老板戴好他的眼镜,目光透过镜片盯着他,说道:"你狠狠地捉弄了我,就像个最荒唐的小淘气鬼。假如我不是以顶尖的生意头脑来驾驭强大的进取心,那么我这些货大概全部都得泡汤。现在,你打算怎么处理剩下的鞋子?"

订购的第二批牛蒡草运到的时候,约翰尼把它们和鞋子的余货都装上一艘纵帆船,送去了南边的阿拉赞海岸。

在那里,靠同一种阴暗、邪恶的手段,他复制了他的成功;一整袋钞票被带了回来,鞋子都留下了,一根鞋带也不剩。

接着,他恳求蓄了飘拂的山羊胡、穿着星条纹背心的那位了不起的叔叔[1]准许他辞职,因为忘忧果诱惑不了他了。他十分渴念达拉斯堡的菠菜和水芹。

约翰尼建议,目前由威廉·特伦斯·凯奥先生暂代领事职务,请示得到了批准。之后,他就和赫姆斯泰特父女一道启航归乡了。

凯奥以一副无所谓的态度坐上了美国领事的宝座,即使已经身居高位,这种无所谓的态度也丝毫未改。锡版照相馆很快就成为历史了,尽管它那些要人命的作品还在这片平静、无助的西班牙美洲海岸流传,永远无法磨灭。那些闲不住的股东又再次出发,冲在追逐财富的最前沿,把缓慢前进的大部队甩在身后。如今,他们要各奔东西了。有谣言说秘鲁即将发生革命,好战的克兰西想到那里去冒险。至于凯奥嘛,他在心里盘算着一个计划,还在几叠政府的信笺纸上做了记录,与之相比,他那项在锡版上歪曲人类形象的技术简直就是小巫见大巫了。

"适合我的生意模式,"凯奥常说,"是瞅准某种变化下手,

---

[1] 了不起的叔叔,指"汤姆叔叔",即对美国的拟人说法。

这些变化看上去要很久以后才会发生，实际上却已经露出端倪——这是一种前瞻性的本领，要赶在函授学校发传单昭告天下之前掌握它。我不急功近利；但我希望赢的机会至少跟在游轮上玩扑克的人，或代表共和党竞选加州州长的人一样多。而且，当我把赢来的筹码兑现的时候，我不想在我的金山里发现从孤儿寡母那里刮来的零钱。"

这片青草依依的土地，就是凯奥开赌的绿桌子。他玩的游戏是他自己发明的。钱是很羞涩的，他不会对它紧逼不放，更不会吹着号角，赶着猎犬去追猎它。他喜欢用奇诡的、灵动的虫饵把它从栖息的异乡溪流中引诱出来。话说回来，凯奥到底是个生意人；他的计划尽管十分独特，执行起来却跟建筑承包商的项目一样稳妥。如果在亚瑟王的时代，威廉·凯奥先生肯定会成为一位圆桌骑士。在如今这个年岁，他四处驰骋，不是在寻找圣杯，而是在寻找捞钱的机会。

约翰尼离开后，过了三天，两艘小帆船在柯拉里奥附近海域出现。费了一点周折之后，有人从其中一艘船上放下了一条小艇，把一个晒得黝黑的年轻人送到了岸边。这年轻人长了一双精打细算的眼睛，看到眼前这片奇特的景观，明显感到有些惊异。他先是找岸上的人指点他去领事馆的路，然后就急慌慌地朝那边去了。

凯奥正半躺在办公椅里，在一本公家配发的记事簿上画汤姆叔叔的漫画像。访客到了，他才抬起眼睛。

"约翰尼·阿特伍德在哪？"皮肤黝黑的年轻人以相当正式的口吻询问道。

"走了。"凯奥一边回答，一边继续描绘汤姆叔叔的领带。

"他就是这副德性，"那栗色皮肤的家伙往桌上一靠，说道，"这哥们老是吊儿郎当，不务正业。他很快就会回来吗？"

"大概不会。"凯奥琢磨了好一会儿才回话。

"我想他准又出去干什么无聊事了，"访客以信心十足的口气揣测道，"约翰尼做事一贯没有恒心，等不到成功就先撤了。我很好奇，他从不来照管这里的事务，怎么还能让它周转下去。"

"这里的事务现在归我照管。"代理领事承认道。

"你是——那么，请问！——工厂在哪儿？"

"什么工厂？"凯奥说，表现出适度的、不失礼貌的好奇。

"嗯，就是那家要用牛蒡草的工厂。天知道他们要拿牛蒡草来做什么！不管怎样，我给外面那两艘船的底舱都装了这玩意。这批货我可以给你们算便宜点。达拉斯堡的男人、女人和孩子都被我雇来摘这东西，摘了整整一个月。我又租下那两艘船把它们运过来。所有人都以为我疯了。现在，一磅只要十五美分，在岸上交易。而且，如果你还要，我想，老阿拉巴马应该能保证供应。约翰尼离家的时候告诉我，如果他在这里撞上有利可图的事情，一定会叫我也来插一脚。我可以叫船开过来下锚卸货了吗？"

凯奥红润的脸庞现出一种几乎令人难以置信的、快活至极的表情。他撂下铅笔,转过眼睛望着这个被晒得黝黑的年轻人,目光既透着高兴,又隐含着唯恐他的高兴戳破他人美梦的担心。

"看在上帝的分上,告诉我,"凯奥诚恳地说,"你是不是丁克·鲍森?"

"我叫平克尼·道森。"这位垄断了牛蒡草市场的大老板回答道。

比利·凯奥狂笑着从椅子里轻轻地出溜到他最爱的那条铺地的席子上。

在那个闷热的下午,柯拉里奥没有多少动静。在这少之又少的响声里,一个趴在地上的爱尔兰裔美国人发出的欣喜若狂、幸灾乐祸的大笑,特别引人关注,而一个肤色黝黑、眼神精明的年轻人就站在一边,好奇又吃惊地看着他。除此之外,还有许多穿了鞋子的脚板在外面街道踩出的"啪嗒、啪嗒"声,还有海浪冲刷富有历史意义的西班牙美洲海岸的寂寞节拍。

Chapter 14 艺术大师

凯奥以一截还剩两英寸长的蓝色铅笔头作为魔杖,为他的魔术大戏做了预热表演。在等待美利坚合众国派人来柯拉里奥接替阿特伍德辞去的职务期间,他在纸上涂满了图表和数字。

他的头脑所构思的,他的胆识所赞许的,他的蓝笔所确立的新计划,是针对安楚里亚新任总统的人格特征和人性弱点而设计的。总统的这些特征和凯奥希望从中勒索一笔厚礼的情形,都值得记录下来,以便理清事件的来龙去脉。

洛萨达总统——很多人叫他独裁者——即使在盎格鲁-撒克逊人中间也足以凭天赋崭露头角,之所以不行,只因他的天赋中掺杂了其他渺小而具有颠覆性的特征。他有一些华盛顿式的崇高的爱国精神(华盛顿是他最钦佩的人),有拿破仑的气魄,还有圣贤的大智慧。这些人格特征本来可以让他当之无愧地称自己为"杰出的解放者",然而,与这些品质交织的,是大得惊人的虚荣心,这使他不得不被归在较为次要的独裁者行列中。

不过,他还是为国家做出了卓越贡献的。凭借强权,他几乎将他的国家从愚昧、怠惰的镣铐中解救出来,几乎甩脱了寄生在它身上的害虫,几乎使它崛起为在国际事务中具有影响的一支势力。他建学校和医院,修公路、桥梁、铁道和宫殿,对艺术和科学慷慨地给予资助。他是专制的君主,也是人民的偶像。国家财富汩汩流进他的手心。别的总统都是毫无道理地明抢,洛萨达虽然积聚了庞大的财富,但他的人民也分到了一些利益。

他对颂扬自己的纪念碑和纪念物有着永不餍足的嗜好,这就给了别人可乘之机。他让人们在每座城镇给他竖雕像,基座上都刻了铭文,以讴歌他的伟大。在每一座公共建筑的墙上都钉了标语牌,宣扬他的光辉事迹和民众对他的感激。在全国上下,大大小小的房子里,遍布他的小型塑像和画像。在他的宫廷里,有个马屁精把他画成圣约翰[1]的样子,头上衬了一圈光晕,身后站着一列穿着制服的随从。洛萨达看不出画里有什么别扭的地方,还把它挂在首都的一座教堂里。他在一位法国雕刻家那里定做了一座大理石群像,除了他自己,

---

[1] 圣约翰,耶稣的十二使徒之一。

还包括拿破仑、亚历山大大帝，以及另外一两个他觉得配得上这份荣誉的人物。

他在整个欧洲搜集勋章，动用政治、金钱和谋略，哄骗国王和元首们满足他为之垂涎的授勋请求。每逢国家典礼的时候，他的胸膛，从这边肩膀到那边肩膀，都挂满了十字勋章、星形勋章、金玫瑰勋章、各色奖牌和绶带。据说，有谁能为他设计一款新的奖章，或者发明某种赞颂他伟大的新方法，就可以从国库里大捞一笔。

比利·凯奥盯上的，就是这么个人物。这个文雅的海盗观察到恩宠的雨露频频降在那些迎合了总统虚荣心的人头上，便认为自己不该撑伞遮挡四下飞溅的涓滴财富。

没过几个星期，新领事就到任了，将凯奥从他的临时职务中解放了出来。这人是个刚刚大学毕业的小年轻，好像是专为看植物而活着的。柯拉里奥领事的职位给了他研究热带植物群的机会。他戴着茶色眼镜，拿着一把绿伞。他给凉爽的领事馆后廊塞满了植物和标本，以至于都摆不下酒瓶和桌子了。凯奥伤感但并不怨恨地看着他，开始动手拾掇自己的旅行包。因为，要推行他针对西班牙美洲所制订的新计划，他便需云游海外。

不久，"卡尔赛芬号"又来了——这是艘不定期来访的船——要收一船椰子，打算运到纽约市场投机一把。凯奥预订了一个回程的船位。

"是啊,我要去纽约了,"他对一群聚在海滩上为他送行的同胞们解释道,"但在你们想念我之前我就回来了。我在这个黑白杂交的国度承担了艺术启蒙的工作,锡版照相还处在萌芽阶段,我不会撒手不管的。"

如此神秘地宣布了自己的意图之后,凯奥登上了"卡尔赛芬号"。

十天之后,他把薄上衣的衣领高高竖起,哆嗦着冲进位于纽约第十大街一栋大厦顶层的卡罗勒斯·怀特工作室。

卡罗勒斯·怀特正一边抽烟,一边在煤油炉上煎香肠。他只有二十三岁,对于艺术见解颇高。

"比利·凯奥,"怀特叫道,伸出不用忙着照顾煎锅的那只手,"告诉我,你是从文明世界之外的哪块地方来的?"

"你好,卡罗,"凯奥拖了一个凳子过来,把手捂在煤油炉边上取暖,说道,"很高兴这么快就能见到你。整整一天,我都在人名簿上和美术馆里找你。后来,街角的流浪汉告诉我你在哪里,这就省事了。我相信你应该还在画。"

凯奥像一个打算投资的鉴赏家一样,用品评的目光环顾画室。

"不错,你是这块料,"他不住微微点头,赞许道,"角落里那幅有天使、青色云朵和乐队花车的大画正合我们所需。你管这件作品叫什么,卡罗——是不是叫《康尼岛风景》?"

"那一幅,"怀特说,"我本打算叫它《以利亚的飞升》,

不过，你起的名字可能比我起的更合适。"

"名字不重要，"凯奥大大咧咧地说，"起作用的是画框和色彩丰富的颜料。现在，我花一分钟时间告诉你我的来意。为了找你合作一个项目，我坐船走了两千英里的海程来这里。这项计划一在脑海里出现，我就马上想到了你。你愿意跟我回去画一幅画儿吗？这趟要花九十天，有五千美元的报酬。"

"是画麦片或者头油的海报吧？"怀特问。

"不是广告。"

"那么是哪一类的画呢？"

"说来话长啦。"凯奥说。

"慢慢说。如果你不介意，我一边听你说，一边照看这些香肠。要是一不小心，有哪一块颜色比深褐色再深一些，那就糟蹋粮食了。"

凯奥解释了他的构想。他们回柯拉里奥去，在那边怀特要假扮成一位著名的美国肖像画家，这个虚构人物专程来热带旅行，想从辛勤而多金的事业中抽身出来，放松一下。以这个身份把总统的形象腾到画布上，使他不朽，并由此收获一笔雨点般洒向讨其欢心的捐客的比索，这个计划，即使在那些循规蹈矩的人看来，也不是不切实际的空想。

凯奥已经定好了一万美元的价格。艺术家们给人画像，要的比这多。他和怀特会分担旅途的花销，也会分享可能到手的利润。就这样，他把整个计划摊在了怀特面前。他们俩是在西部认识的,那会儿,这一位没有献身艺术,那一位也没有浪迹天涯。

没过多久,两位密谋家就离开了简陋、寒冷的画室,在一家咖啡馆里找了一个舒适的角落。他们在那儿一直坐到夜里,面前摆了几张旧信封和凯奥的那截蓝铅笔。

十二点钟,怀特蜷在椅子里,拳头支着下巴,闭上眼睛,不看那些不中看的墙纸。

"我跟你去,比利,"他平静地说出了自己的决定,"我有两三百块的积蓄,本来打算买香肠和付房租用;我要跟你去搏一搏。五千美元!足够我在巴黎待两年,再去意大利待一年。我明天就开始收拾行李。"

"你十分钟之内就得收拾,"凯奥说,"现在已经是明天了。'卡尔赛芬号'下午四点启程。回画室吧,我给你搭把手。"

一年中有五个月,柯拉里奥就像是安楚里亚的新港[1]。只在那段时期,这座小镇才算活过来。从十一月到第二年三月,这里是事实上的政府所在地。总统携同官员们举家在此逗留;整个社交界也都跟着来了。这些好享受的人把这段时光当成一个寻欢作乐的长假。他们的消遣包括舞会、华宴、赌局、海水浴、游行和小剧院。从首都来的著名瑞士乐队每晚都在小广场上表演,与此同时,镇上的十四辆轿式马车和货运马

---

[1] 新港,指美国罗德岛州的新港,是旅游胜地。

车在一旁悲壮地列队兜圈子。从内陆山地来的印第安人，看着像史前石偶，沿街叫卖他们的手工艺品。人群涌入狭窄的街道，汇成一股嘈杂的、欢快的、无忧无虑且不断上涨的人流。怪模怪样的孩子身着最短的芭蕾舞裙，还配了金色的小翅膀，在沸腾的人群中嘶喊。尤其是这个季节的开端，在总统一行到来的时候，这里将举行一系列热情欢乐的庆典、表演和爱国游行。

当凯奥和怀特搭乘归来的"卡尔赛芬号"，抵达他们的目的地的时候，这个淫乐的冬季已经顺利开启了。刚一踏上海滩，他们就听到了乐队在广场的演奏。黑色卷发里混着萤火虫的乡下姑娘，赤着脚，目光腼腆，在路上溜达。公子哥们穿着白亚麻衣服，挥动手杖，开始一路招蜂引蝶。空中满是人类的气息、虚浮的诱惑、狐媚、慵懒、放荡——一种人工伪造的实存感。

他们把到达之后的头两三天用来做准备工作。凯奥陪着这位艺术家在镇上到处逛，把他引荐给讲英语的居民的小圈子，但凡能扩散怀特作为画家的名声的办法，这位代理人莫不尝试过了。之后，凯奥希望画家能给公众留下印象，为此又策划了一次更加惊人的演出。

他和怀特下榻在外宾旅馆。两人都穿着一尘不染的新帆布套装，戴着美国草帽，拿着个性十足却毫无用处的手杖。柯拉里奥的绅士——甚至连穿着华丽制服的安楚里亚军官在内,极少有人像凯奥和他的朋友——杰出的美国画家怀特先生一样悠然自得、举止优雅。

怀特把画架摆在海滩上,画一些引人侧目的写生,描绘山海景观。土著们在他身后围成一个巨大的半圆,叽叽喳喳地看他作画。凯奥十分关注细节,他给自己安排了一个人物设定,并且予以忠实执行。他扮演的角色是大画家的朋友,一个见多识广的有闲阶级——一台袖珍照相机是这个身份的可见象征。

"有了这个东西,"他说,"就表示这人是个上流社会的业余玩家,有大把存款,好逸恶劳,在这种情况下,一台相机比一艘游艇更能说明问题。你看到一个人无所事事,四处闲逛拍照片,你就知道他一定认真读过布拉德斯特里特[1]的作品。留心那些百万富翁的表现——把所有看得见的东西都攥在手里之后,他们就把手用来拍照了。照相机带给人们的印象远比一个头衔或者一枚四克拉的钻石别针来得深刻。"于是,凯奥优雅地在柯拉里奥漫步,拍摄风光和羞怯的姑娘,怀特则站在艺术的高地,摆出一副供人瞻仰的英姿。

在他俩到达的两周之后,计划开始奏效。总统的一位副官乘一辆派头十足的马车来到旅馆,说总统想请怀特先生去

---

[1] 布拉德斯特里特,此处指诗人安妮·布拉德斯特里特,她被视为美国第一位女诗人。她是一位清教徒,代表作为《第十位缪斯出现在美洲》。

卡萨莫雷纳酒店与他做一次非正式的会面。

凯奥紧紧地咬住他的烟斗。"一万美元,一个子儿也不能少,"他对艺术家说,"记住这个价。收金条或者靠得住的等价货币——别上他的当,收下在他们这儿叫钱的那种贬值的烂纸。"

"他想要的不一定是这个。"怀特说。

"去吧!"凯奥胸有成竹地说,"我知道他要什么。他想要这位目前在这个被蹂躏的国度暂时逗留的著名美国青年画家兼海盗为他画一幅画像。你去吧。"

马车载着艺术家飞驰而去。凯奥踱来踱去,拿起烟斗吞云吐雾,等待着。过了一个钟头,马车又停在了旅馆门口,把怀特放下车,然后就走了。这位画家两步并作一步,冲上了楼。凯奥不抽烟了,也没说话,只是脸上露出了质询的神情。

"成了,"怀特嚷道,孩子气的脸上洋溢着兴奋,"比利,你真是神机妙算啊。他要一幅画。我来一五一十地告诉你。天啊!那个搞独裁的家伙是个大人物!绝对是个彻头彻尾的独裁者。他是用乌贼墨画成的尤利乌斯·凯撒、路西法[1]和昌西·迪普[2]的集合体。他待人既礼貌又凶狠。我是在一个十英亩大的房间里和他见的面,那地方漆得雪白,布满镜子和镀

---

[1] 路西法,即魔鬼。
[2] 昌西·迪普(1834—1928),美国政治家,善于演讲。

金饰品,像一艘密西西比游轮。他英语说得极好,我都没指望过自己能说得那么好。我们谈到了价格。我要价一万美元,本以为他会叫卫兵把我拖出去枪毙。结果他连睫毛都没动一下,只是挥了挥一只栗色的手,满不在乎地说了句:'你说多少就多少。'我明天还得去跟他商谈画像的细节。"

凯奥耷拉着脑袋。从他沮丧的表情不难看出,他在自怨自艾。

"我落伍了,卡罗,"他伤心地说,"我不再适合掌管这类给男子汉干的事情了。我大概只配推着小车卖橘子。我发誓,在开出一万美元这个价的时候,我还以为自己摸清了那棕脸男人的底,误差不会超过两美分。这么看,要他出一万五也是轻而易举的事。喂,卡罗,要是你的老朋友凯奥再出这种失误,你就给他选个相对不错的、安静点的精神病院吧,好吗?"

卡萨莫雷纳虽然只有一层,却是结实的褐石建筑,内部装潢像宫殿一般奢华。

它矗立在柯拉里奥北边一座小山上,在一座由围墙圈起来的繁茂的热带植物园当中。第二天,总统的马车又来接艺术家了。凯奥去海滩散步,在那儿,人们对他和他的"照片盒子"已经司空见惯了。等他回旅馆的时候,怀特已经坐在阳台上的一把帆布椅子里了。

"怎么样,"凯奥说,"你跟那位大人物确定他想要的彩图样式了没？"

怀特站起来，在阳台上走了几个来回，之后，停住脚步，古怪地笑了。他的脸红了，眼中闪烁着那种既生气又想笑的光芒。

"你看啊，比利，"他粗声粗气地说，"上回你来我画室，提出要一幅画，我以为你要的是画在整条山脉或者半块大陆上的一堆碎麦片或者一瓶生发油。好吧，这些和你要我去干的活儿相比，都算是最高级的艺术了。我不能画这幅画，比利。你得让我退出。让我试着跟你解释一下，那个野蛮人想要什么。所有细节他都计划好了，甚至把想法画成了一幅草图。说实话，这老家伙画得不赖。可是，艺术之神啊！听听他想让我画的是什么畸形的玩意吧。当然了，他想把自己画在最中央。他会被画成坐在奥林匹斯山巅的朱庇特，脚踩祥云。全身戎装的乔治·华盛顿站在他身边，还把一只手搭在总统的肩头。一位天使展开双翅，在上空盘旋，将一顶桂冠放在总统头上，为他加冕——我猜是跟五月女王[1]学的。背景要画上加农炮，还有更多的天使与士兵。愿意画这种画的人，得有一条狗的灵魂，而且理应堕入遗忘，甚至，连给他的尾巴上绑个铁罐子都不行，不该让他弄出任何声音去唤起别人

---

1 五月女王，五朔节当天，英国乡间会举行舞会，在舞会上要选出一位美丽的少女，为其戴上花冠，并称之为"五月女王"。

对他的回忆。"

比利·凯奥的额头冒出了一片小水珠。他那截蓝色铅笔完全没能算出这样的意外事件。在此之前,他的计划进展得很顺利,很合乎心意。他把另一把椅子拖到阳台,劝动怀特也坐了过来。接着,他点着了烟斗,显得气定神闲。

"现在,老弟,"他温和又坚决地说,"咱们俩从纯艺术的角度来探讨一下。你有你的艺术,我也有我的。你的艺术是真正的缪斯之作,对于黑啤的商标和老磨坊牌麦片的仿油画印刷海报是不屑一顾的。我的艺术就是生意的门道。这次的计划是我定的,而且它毫无波折地实现了。把那个总统画成老柯尔王、维纳斯、一幅风景、一块壁画、一束百合花,或是任何他觉得像自己的东西,这都没关系,只要照他的意思涂在画布上,收钱就好啦。事情到了这个地步,卡罗,你不能坑我。想想那一万美元啊。"

"我没法不想钱的事,"怀特说,"这挺伤人的。我很想把过往的所有理想统统抛进泥潭,画了那幅画,把我的灵魂浸在耻辱之中。五千美元能让我出国学习三年,就为了这个,我差点出卖了灵魂。"

"没你说的那么糟,"凯奥安慰道,"这就是一桩生意。用这么多颜料,这么多时间,来换相应的钱。你认为那幅画会在艺术方面给你带来无法消弭的影响,这个观点我不敢苟同。乔治·华盛顿也没什么不行,你知道的,而且也没有谁会对那个天使说三道四。我觉得这个组合没那么坏。如果你给朱庇特添一副肩章、一把剑,把那片祥云画得像一块黑莓田,也不至于搞出一幅蹩脚的战争图景。唉,如果还没谈定价格,应该叫他为华盛顿加一千,再为天使加五百。"

"你不明白,比利,"怀特不自在地笑了笑,说,"我们这些有志于绘画的人,对于艺术都有很大的抱负。我想画出一幅画,有一天人们站在它面前会忘记它是由颜料构成的。我希望它像一颗柔软的子弹一样潜入人们的体内,如同一支曲子,如同一朵蘑菇。我还希望他们在离开之前会问一句:'这人还画过什么?'我不想让他们看到一件不是肖像,也不是杂志封面,不是插画,也不是美女图的不伦不类的东西——除了真正的绘画,我不想给他们看别的。这就是为什么我即使靠煎香肠活着,也要尽量忠于自我。我说服自己接下这幅肖像,就是因为它能给我去海外深造的机会。但这幅人物漫画多么可悲、多么荒谬啊!我的天啊!难道你还不明白吗?"

"明白,"凯奥把一根食指摁在怀特的膝盖上,用和孩子说话的温柔口吻说道,"我懂了。像这样搅和你的艺术,真的很糟糕。我知道,你想画一幅大作,类似《葛底斯堡战役全景图》[1]那样的。不过,让我描绘一幅想象中的图景供你考量

---

1 《葛底斯堡战役全景图》,指法国画家保罗·菲利波托创作的巨幅画作。葛底斯堡战役是美国南北战争中最著名的一场战役。

吧。截至目前，我们已经在这个计划里投入了三百八十五点五美元。咱俩把能拿出的每一个子儿都拿出来作本钱了，花剩下的那点钱只够回纽约的路费。我需要从那一万美元里分到我那一份。我还要去爱达荷做铜矿生意，赚它十万美元。那都是做完这单买卖才有的事。先从你的艺术天堂下凡来吧，卡罗，在这笔钱上着陆。"

"比利，"怀特吃力地说，"我试一下。并不是说我确定会做，但我会试试。我会动手，如果行的话，就把它画完。"

"这才是做生意嘛，"凯奥热忱地说，"好哥们儿！现在，还有件事——那幅画得赶一赶——你得尽可能快地对付过去。有必要的话，找两个小伙子帮你调颜料。我在镇子里收到一点风声。这儿的人对总统先生有了恶感。他们说他给外国人特权给得太随便；他们还指控他想跟英国人做交易，出卖国家。咱们要在闹起来之前画好画，拿到钱。"

在卡萨莫雷纳的大庭院里，总统叫人支起了一个巨大的布篷。怀特把篷底用作临时画室。这位大人物每天在那里坐两小时，供他临摹。

怀特一心一意地工作，但在这个过程当中，他有时怀着痛苦蔑视对方，有时极度看不起自己，有时在愤怒里消沉，有时在自嘲中冷笑。凯奥则展现了大将风度，耐心地安慰他、劝诱他、说服他——让他坚持画下去。

一个月过去，怀特宣布画作完成了——朱庇特、华盛顿、天使、云朵、加农炮以及其余的一切都画完了。告诉凯奥这个消息的时候，他脸色惨白，双唇紧闭。他说总统对这幅肖像十分满意。它会被挂在陈列政治家和英雄画像的国家画廊里。他们请这位艺术家第二天再去卡萨莫雷纳领报酬。到了约定的时间，怀特离开了旅馆，他的朋友兴奋地谈论他们的成功，他却沉默不语。

一个钟头以后，他回到他们的房间，凯奥正在里面等他。他把帽子甩到地板上，然后跳到桌上坐着。

"比利，"他紧张而又艰难地说，"我哥哥在西部做些小本生意，我给他投了一点钱。我在学艺术的时候，就靠这笔收入维持生计。我打算把它提出来，补偿你这次的损失。"

"损失！"凯奥跳起来喊道，"你没拿到那幅画的酬金吗？"

"本来拿到了，"怀特说，"但现在画没了，也就谈不上酬金了。如果你想听的话，我就跟你说一说详情。总统和我在看那幅画像，他的秘书拿来一张一万美元的纽约银行汇票递给我。摸到那张票据的瞬间，我失控了。我把它撕得粉碎，扔在地板上。院子里有个工人正给柱子重新上漆，他的一桶油漆碰巧就放在一旁。我抓起他的刷子，把一夸脱蓝漆狠狠地刷在那值一万美元的噩梦上面。然后我鞠躬，离开。总统没有动，也没有说话。在那一刻，他惊呆了。这对于你，肯定难以接受，比利，但我真的身不由己。"

柯拉里奥仿佛躁动了起来。外面响起一片模糊的喧嚷，时不时被几声尖厉的喊叫刺穿。喊的似乎是"打倒卖国贼，处死叛徒！"这几个词。

"听啊，"怀特伤心地叫道，"这几句西班牙语，我听得懂。他们喊的是'打倒叛徒！'我以前听到过。我觉得，他们指的是我。我是艺术的叛徒。那幅画必须消失。"

"那要喊'打倒头号白痴'才更适合你，"凯奥加重了语气，怒气冲冲地说道，"你撕掉了一万美元，就像撕一块破布一样，就因为涂抹那五美元颜料的方式有损你的良心。下回我给新计划物色搭档的时候，先得让这人去找个公证人，当面发誓他从没听说过'理想'这个词。"

凯奥火冒三丈地大步冲出了房间。怀特没有理睬他的愤怒。比利·凯奥的蔑视，与他终于从中逃脱的更大的自我蔑视相比，是微不足道的。

柯拉里奥的骚动在扩散，暴动一触即发。导致群情激愤的缘由是，镇上来了一个红脸膛的英国大个子，据说是代表他的政府来商定一项条约的，通过里面的条款，总统把他的子民出卖给了外国势力。有人指控他不但将许多价值无可估量的特权拱手送人，还要把国债转移到英国去做投资，并且作为担保，把海关交给人家管理。人民忍无可忍，决心用他们的抗议掀起风暴。

当天晚上，在柯拉里奥和其他城镇，人们开始宣泄愤怒。活跃而又危险的暴徒大喊大叫着在街上徘徊。他们推翻了广场中心的总统大铜像,把它拆得支离破碎。他们把公共建筑里那些替那位"杰出的解放者"歌功颂德的标语牌都给砸烂了。那些挂在政府办公室里的总统画像也遭到破坏。暴动者们甚至袭击了卡萨莫雷纳,但被仍然效忠当局的军队给驱散了。恐怖持续了一整夜。

事实证明洛萨达的确伟大:第二天中午,秩序就恢复了,他依旧统治一切。他发布公告,断然否认曾与英国举行任何形式的任何谈判。斯塔福德·沃恩爵士,那个红脸膛的英国人,也在公告和报纸上声明,他人虽在这里,但绝未涉及什么国家事务。他只是一个游客,并无所图。事实上(他自己是这么说的),他到达之后,就没有和总统碰过面,更没有说过话。

在骚乱期间,怀特一直在为他的归乡之旅收拾行装,打算在两三天内搭船启程。差不多到中午了,闲不住的凯奥带着相机出了门,希望消磨掉眼下这段凝滞的时光。现在,镇子静得仿佛和平从未离开过那些红瓦屋顶似的。

下午过了一半,凯奥面带某种极为奇特的神情,急匆匆地赶回了旅馆,然后就一头扎进他冲洗照片的小房间。

不久后,他出来了,上阳台去找怀特,脸上露出一种透彻的、残酷的、掠食者的笑容。

"你知道这是什么吗?"他举起一张贴在纸板上的、尺寸四比五的照片,问道。

"一位沙滩上的小姐,被人拍了特写——我一不小心就押了韵。"怀特爱搭不理地说。

"错,"凯奥说,两眼闪闪发光,"这是一枚飞弹,一罐炸药,一座金矿。这是一张能找你那位总统兑付两万美元的支票——是的,先生——这回是两万美元,而且这幅画像可毁不掉。这里面可没有艺术的伦理。艺术!你和你那些臭烘烘的颜料管!我用一张相片就能把你折腾得体无完肤。来,看看。"

怀特接过照片,吹了一声长长的口哨。

"我的天,"他喊道,"这要是给人看到,镇上准得出大事。你是怎么弄到手的,比利?"

"总统那家伙的后花园是由一圈高墙围起来的,你知道吧?我在山上,想鸟瞰一下全镇的风光,碰巧发现墙上有一块石头和不少灰泥脱落了,形成了一道缝隙。我就想,不如凑上去偷窥一下,看看总统先生的卷心菜长得怎么样了。我第一眼就看到,他和那个英国爵士坐在二十英尺以外的一张小桌旁。他们在桌子上摊满了文件,像两个海盗一样亲热地交谈。那是花园里一个怡人的角落,被棕榈和橘树包围着,既隐蔽又清凉,他们在草地上放了一瓶香槟,伸手就能拿到。我知道,轮到我在艺术上大出风头的时候了。于是,我就把相机凑到那条裂缝上,按下按钮。就在我动手的刹那,那两个老家伙正好握手成交——从这张照片里,你可以看清他们当时的表情。"

凯奥穿好衣服，戴上帽子。

"你打算用它来干吗？"怀特问。

"我，"凯奥用一种解恨的语气说道，"当然要给它系上一条粉红丝带，挂在古董架子上啊。你可真有趣。我出去的时候，你可以好好琢磨琢磨，哪位褐色皮肤的统治者最愿意买下这件艺术作品，作为私人收藏——只为了让它别流传出去。"

比利·凯奥从卡萨莫雷纳归来的时候，夕阳烧红了椰树的树梢。他点了点头，回应艺术家询问的目光，然后在一张轻便床上躺了下来，把手垫在脑后。

"我见到他了。他乖乖地付了钱。起初他们不让我进去，我告诉他们有要事求见总统。是啊，那家伙很有本事。他按一种美妙的生意之道妥善地运用他的大脑。我所要做的，无非是举起照片，让他看到它，然后报价。他呢，只是微笑着，走到保险柜，取出钞票。他把二十张崭新的一千美元面值的美国法定货币放在桌上，跟我拿出一美元二十五美分一样潇洒。那些钞票太美了——点数的时候，发出噼噼啪啪的声音，脆得像十英亩土地上的灌木丛正被烈火焚烧。"

"拿一张让我摸一摸，"怀特好奇地说，"我从来没见过一千美元的钞票。"凯奥没有立刻回答。

"卡罗，"他心不在焉地说，"你很看重你的艺术，对吗？"

"看重，"怀特坦率地说，"甚于看重我本人和我的朋友的经济利益。"

"那天，我觉得你是个笨蛋，"凯奥平和地说，"现在我也不能确定你不是。不过，如果你是，那我也一样。我做过一些荒唐的买卖，卡罗，但我一直力求公平竞争，凭我的头脑和资本与对手较量。但遇到这种情况——嗯，当你吃定你的对手，而他只能被逼就范的时候——在我看来，这就不算男子汉的游戏了，也不再具有吸引力了。这类事情有个名目，你懂的；这叫——真混账，难道你不明白？一个家伙感觉到——某种和你那该死的艺术相仿的东西——他——得了，总之我撕掉了照片，把碎片放在那沓钱上，把所有这堆东西推回桌子对面。'请原谅，洛萨达先生，'我说，'我想我报错了价格。这张照片是你的了，不用付钱。'现在，卡罗，把那截铅笔拿出来，咱们再来合计一下。我很愿意在咱们的资产当中留出一部分，确保你在回到纽约以后，还能在你那地盘煎香肠吃。"

Chapter 15 迪基

在西属美洲沿岸，一切都缺少连贯性，事情只能断断续续地发生。甚至时间本尊也似乎每天都要把镰刀挂在橘子树梢，先睡个午觉，再抽支香烟。

在针对洛萨达总统政权的徒劳抗争之后，这个国家复归平静，在他备受指责的虐政之下继续忍耐。柯拉里奥的老政敌们达成了和解，一时间轻描淡写地避开了所有分歧。

那一趟失败的艺术远征没让步履不停的凯奥歇下来。命运起起落落，但终于被他以敏捷的脚步走成了一条坦途。怀特搭乘的轮船冒出的黑烟还没消失在地平线之前，他那截蓝铅笔又开始工作了。他只需要向格迪招呼一声，就可以凭他的信用从布兰尼甘公司赊到任何他想要的货品。就在怀特抵达纽约的同一天，凯奥赶着由五头满载五金工具和刀叉的驮骡组成的骡队，朝着凶险的内陆山地进发了。那里的印第安部落从含金的溪流中淘出金砂；在群山之中，若是有人为他们送去一个市场，生意肯定很活跃，利润肯定很不错。

在柯拉里奥，时间收拢了翅膀，在他那条催人入眠的小径上，有气无力地梦游着。最能为这凝滞的时日逗乐解闷的人都走了。克兰西乘坐一艘西班牙帆船去科隆了，打算横穿地峡，再继续去往目的地卡劳，据说那里正在打仗。格迪沉静温和的天性，一度缓解了服食忘忧果之后的抑制作用，他现在有了家庭，跟他那位明艳如兰花的葆拉一起快乐地生活，再也没有联想或是惋惜那只封了口、印了花押的未解决的瓶子，那里面的东西现已无足轻重，并由海洋妥为保管了。

眼光最敏锐、最善于折中的动物——海象——很可能半道上就给他那听上去既恰切又愉快的话题封上了火漆。

阿特伍德走了——谁也没法再见识他那舒适的后廊和狡黠的天真了。格雷格大夫，连同郁积在他肚子里的穿颅手术的故事，构成了一座大胡子火山，始终都显示出即将爆发的迹象，也不能列入可以逗乐解乏之人的行列里。新任领事的调性，与悲伤的海浪和繁盛的热带绿荫十分合拍——他的诗琴弹不出山鲁佐德[1]和圆桌骑士的旋律。古德温投身于大事业当中：难得的空闲时间，他都在他很爱待着的家里度过。

---

[1] 山鲁佐德，《一千零一夜》中的重要人物。这里的意思是说，新任领事不懂如何跟人闲聊。

因此，显而易见，柯拉里奥的外侨群体内部缺乏交际和娱乐。

之后，迪基·马洛尼就像从云中降下的甘霖，适时为此地纾解了大旱。

没有人知道迪基·马洛尼是从哪里来的，也没有人知道他是怎么来的。他有一天出现在柯拉里奥，除此之外，别的情况没人知道。后来，他说他是乘水果船"索尔号"来的；但是，查看一下"索尔号"那天的乘客名单，从中却找不出叫马洛尼的人。不过，无论怎样，好奇很快消散了；迪基在被加勒比海抛上岸的怪人们中间落了脚。

他是个活跃的、肆无忌惮的、闹哄哄的家伙，长着迷人的灰眼睛，拥有最让人难以抗拒的笑容，肤色很黑——或者不如说，被晒得很黑。一头火红的头发，在本地绝无仅有。他对西班牙语的熟稔程度不亚于英语，而且似乎口袋里一直有很多钱，没过多久，他就成了一个受欢迎的伙伴，不管走到哪儿，都能得到人们的热情接纳。他极爱白葡萄酒，还博得了"一个顶三"的名声，即是说，他一个人的酒量大于镇上任意三人的酒量总和。大家都叫他"迪基"，一见到他就觉得高兴——尤其是土著，他那头惊人的红发和无拘无束的个性，让他们欣喜又羡慕。只要你去到这个镇上，很快就能看到迪基或听到他友善的笑声，并且发现有一帮崇拜者正围绕着他，这群人喜欢他随和的天性，也喜欢他随时可能买来请客的白葡萄酒。

关于他在这里逗留的目的，人们有层出不穷的猜测和议论，直到有一天他不声不响地开了一家小店。店里出售烟草、甜酒和内陆印第安人的手工艺品——纤丝织品、鹿皮鞋、用芦苇编的篮子。即便在这个时候，他也没改变习惯；因为他每日每夜总有一半时间在与部队司令、海关长官、镇长以及本地官员中的其他狐朋狗友一起喝酒、打牌。

有一天，迪基看到了坐在外宾旅馆侧门里面的帕莎——奥娣斯太太的女儿。他停下了脚步，一动不动地站着，从他来到柯拉里奥以来，这还是第一次；然后，他像一只小鹿一样，飞跑着去找本地的纨绔子弟巴斯克斯，向他请教。

小伙子们叫帕莎"La Santita Naranjadita"。"Naranjadita"是一个西班牙语词汇，表示某种颜色，若要用英文来描述，得大费一番周章。就说"有着最美丽的精致冷艳的金橙肤色的小仙女"，勉强也能将奥娣斯太太的女儿大致勾勒出来。

奥娣斯太太除了出售其他酒类之外，还卖朗姆酒。要知道，朗姆酒可以抵消其他商品受到的非难。因为，众所周知，朗姆酒的生产是由政府垄断的；能够销售政府专卖品，即使不能证明店家的出类拔萃，至少也能让人们肃然起敬。再者说，即使事无巨细地审查，也不可能在这家商店的经营行为中找到过失。顾客们在那儿喝酒的时候，都是一副精神萎靡、战战兢兢的样子，仿佛被死亡的阴影笼罩着；因为，老板娘古老而自豪的家系，销毁了朗姆酒发出的欢乐指令。因为，她难道不是与皮萨罗一道上岸的伊哥莱西亚斯的后人吗？况且，她那已故的丈夫难道不是这一地区主管公路桥梁的长官吗？

傍晚，帕莎坐在窗口，心不在焉地拨弄她的吉他，在她隔壁的房间里，人们正在喝酒。之后，年轻的骑士三三两两地前来造访，坐在靠着墙规规矩矩地摆成一排的椅子上。他们来这儿是为了围剿"小仙女"的心。他们的战术（无助于应对精英的竞争）包括挺起胸膛，展现英勇，还有消耗一两包香烟。即使是皮肤略带橙色的仙女，也期待着不同的求爱新招。

堂娜帕莎乘着吉他的音乐飞越这道烟雾缭绕的沉默鸿沟，同时思索着，她读过的那些威武的、没完没了的骑士罗曼史是否都是谎言。每隔一段时间，夫人就会从店铺那边溜进来，眼中闪烁着那种会让人口渴的微光，这时，某位骑士就会提议中场休息，上酒吧去，于是，随之就会响起一阵浆得挺硬的白裤子发出的窸窸窣窣声。

可以预见的是，迪基·马洛尼早晚都将亲身勘察这块领域。在柯拉里奥，没有几道门是他那颗生满红发的脑袋未曾探进去过的。

在初见她之后，只经过一个极短的时间间隙，他就紧挨着她的摇椅，坐在那儿了。在迪基的求爱手册里，没有"背靠墙壁静静坐着"这个姿态。他的征服计划是近距离攻击。

用一阵集中的、猛烈的、不由分辩的、不容抗拒的攻势拿下堡垒——这就是迪基的方式。

帕莎是当地最为显耀的西班牙裔家族的后代。此外，她还有些并不多见的优点。在新奥尔良所受的两年学校教育抬升了她的眼界，让她拥有对于家乡的普通少女来说高不可及的命运。然而，一旦在这里遇上一个口齿伶俐、笑容迷人的红发混混对她恰到好处地大献殷勤，她立刻便屈服了。

很快，迪基就将她领到广场一角的小教堂，给她那一长串高贵的姓氏之前又添上了一个："马洛尼夫人"。

她命中注定就该在迪基与他那些狐朋狗友们喝酒调笑的时候，怀着过人的耐心，张着圣洁的眼睛，摆出普赛克[1]陶俑般的身姿，坐在小店幽静的柜台后面。

女人们本着天生的好眼力，瞅到了机会，想拿他的陋习来刺伤她、含沙射影地嘲笑她。她应对得优美而又沉稳，只以悲悯和轻蔑的目光注视着她们。

"你们这群挤不出奶的母牛，"她以平和、清晰、嘹亮的嗓音说道，"你们对男人一无所知。你们只能嫁给小丑。你们的男人啊，只配坐在凉荫底下卷纸烟，直到太阳逮到他们，把他们晒成干尸。这些家伙赖在你们的吊床上混日子，你们

---

[1] 普赛克，古罗马神话中的美女。维纳斯嫉妒其美貌，设下诡计，想将她下嫁凶残的怪兽，但丘比特却爱上了她，并在后来娶她为妻。

还要给他们梳头，拿新鲜水果喂饱他们。我的男人可不是这种货色。让他喝酒好了。等他喝下的酒足够淹死一个你们家那种软蛋的时候，他就会回到我身边，他一个人就赛过一千个你们家里那种可怜虫。他给我梳头、编辫子，给我唱歌，亲手脱下我的鞋子，还要，还要在每一边脚背留下一个吻。他抱住——哦，你们永远也不明白！你们这群瞎了眼的永远也搞不懂什么叫男人。"

有些夜晚，迪基的店里会发生一些神秘的事情。前厅里一片漆黑，迪基和几个朋友都在后面的小屋里，围坐在桌边，极其小声地商谈着什么，一直谈到很晚。最后，他会小心翼翼地将他们送出门去，然后再上楼去找他的小仙女。这些访客大多是一袭黑衣，戴着帽子的阴谋家一类的人物。当然了，这些见不得光的行径不久就被人注意到了，招来了不少议论。

迪基仿佛对镇上外籍居民的社交圈子毫不在意。他避开了古德温，巧妙地逃脱了格雷格大夫那个穿颅手术的故事，在柯拉里奥，这事至今仍被传为"闪电外交"的典范杰作。

许多寄给"迪基·马洛尼先生"或"迪基·马洛尼阁下"的信件陆续到达，帕莎为此深感得意。这么多人想要写信给他，这证实了她的猜想：他那头红发的光芒在全世界都有影响。对于信的内容，她从来都不好奇。但愿诸位也能找到这样的妻子！

迪基在柯拉里奥犯了一个错误，他在不适当的时候用光了钱。他的钱来路不明，因为他那家店的进账几乎等于零，不过，无论来源是什么，总之，它在一个特别不走运的时段一度枯竭了。那正是指挥官堂里奥斯上校先生一面盯着坐在店堂里的小仙女，一面被自己的心跳敲得晕头转向的时候。

这位指挥官精通所有复杂的调情技巧，他先是披挂全副行头，在她的窗前神气活现地来回踱步，以比较隐晦的方式向她示爱。帕莎用纯真的眼睛一本正经地瞥了他一眼，立刻发觉他与她的鹦鹉奇奇有几分相似，于是展露了笑颜。指挥官看到了这个并非为他而生的微笑，确信已给人家留下良好印象，信心满满地走进店里，对她发起进一步的追求。帕莎不为所动，他却劲头十足；她庄重地怒斥他，他却神魂颠倒，继续纠缠；她勒令他从店里出去，他却想捉住她的手——迪基进来了，整个人装满了一肚子白酒和一股子邪气，看到这一幕，咧嘴笑了。

他花了五分钟时间，科学地、专注地惩治了那位指挥官。这样能让疼痛尽可能延长。末了，他把那位鲁莽的求爱者丢出门外，任其人事不省地躺在石子路上。

一个在街对面观战的赤脚警察吹响了哨子。从街角附近的军营里跑出来一支由四名士兵组成的小队。他们看清肇事者是迪基，就停下了脚步，又吹了哨子，唤来八名援兵。眼见吃败仗的概率大大降低，这支军队便向捣乱分子发动了攻势。

迪基浑身上下充斥着尚武精神,他弯下腰,抽出指挥官系在身侧的佩剑,向他的敌人冲了过去。他追着这支现役部队跑过四个广场,玩耍似的刺他们的屁股,砍他们姜黄色的脚后跟。

不过,对付市政当局的时候,他就没那么顺利了。六个强壮敏捷的警察制服了他,一面耀武扬威,一面提心吊胆地押着他去了监狱。他们称他为"红发魔鬼",并且嘲笑在他面前吃了败仗的军队。

迪基,以及其余的犯人,透过铁栅门望出去,能看得到小广场上的草地、一行橘子树和一排其貌不扬的商店的红瓦屋顶和土坯墙。

日落时分,沿着穿过广场的小路,来了一支悲悲戚戚的队伍。那是一群满面愁容的妇人,带着芭蕉、甜瓜、面包和水果——都是给那些铁栅里面的倒霉鬼送吃的来的——她们始终都不放弃他们,始终在供养他们。每天两次——早晚各一次——她们获准前来探监。共和国只拿水招待这些强邀来的客人,不提供任何食物。

那个傍晚,警卫唤到了迪基的名字,他便走到铁栅门前。他的小仙女站在那儿,头和肩都被罩在一块黑色披巾里,脸上露出庄严忧郁的神情,一双清澈的眼睛如饥似渴地注视着他,仿佛用目光就能把他从栅栏里拽出来似的。她带来了一只熟鸡、一些橘子,还有甜酒和一大块白面包。一名士兵检查了这些食物,然后转交给迪基。帕莎一如往常那样,用笛子一般动听的嗓音平静、简短地说了几句话。"我生命中的天使,"她说,"但愿你离开我的时间不会太久。你最清楚了,你不在我的身边,生活就变得无法忍受。告诉我,在现在这种情况之下,我能做点什么。如果帮不上忙,我就等着——等段时间看看。明早我再过来。"

为了不惊动他的狱友,迪基脱掉了鞋子,在牢房里徘徊了半个晚上,诅咒他的拮据,也诅咒造成拮据的因由——不用深究,无论是什么因由,都值得诅咒。他十分清楚,金钱能够立刻换得自由。

之后的两天,帕莎都按时按点给他送饭。每次他都焦急地询问是否有寄给他的包裹或信件,而她只能哀怨地摇头。

第三天早晨,她只带了一小片面包过来。脸上的黑眼圈很明显,不过,她还是镇定如初。

"妈的,"迪基说,他全凭心血来潮,在英语和西班牙语之间来回切换,"这只能算几根干草料,小妞。这就是你能给你的男人弄来的最好的东西?"

帕莎看着他,就像母亲看着被自己惯坏的孩子。

"想开点吧,"她低声说,"到下一顿饭的时候,可什么都没了。连最后一个子儿都花掉了。"她挨着栅栏,又靠得紧了些。

"把店里的货卖了——能卖一点是一点。"

"我会没试过吗？我按定价的一折叫卖，可就没有一个人买走一个比索的东西。在这个镇上，没人愿意拿一个雷亚尔出来帮迪基·马洛尼一把。"

迪基狠狠地咬紧了牙关。"都是因为那个指挥官，"他怒吼道，"这都是他搞的鬼。等着瞧吧，嘿，好戏还在后头。"

帕莎又压低了声音，几乎在以耳语的方式说话。"听着，我最最心爱的人啊，"她说，"我很想变得再勇敢一些，但没有你，我活不下去。已经三天了——"

迪基在她的面纱褶裥中捕捉到一丝坚毅的目光。这一回，她盯着他的脸看了一会儿，看到它毫无笑意、严肃狠厉，像是下定了某种决心。接着，他突然抬起了手，笑容仿佛一丝阳光，重新照亮了他的面容。码头方向，一艘进港的轮船拉响了嘶哑的汽笛。"来的是哪条船？"迪基冲着在门前来回踱步的警卫喊道。

"'卡塔丽娜号'。"

"是维苏威公司的船吗？"

"肯定是啊。"

"快去，小家伙，"迪基兴高采烈地对帕莎说，"去找美国领事。告诉他，我想跟他谈谈。请他务必马上前来。喂，你看你！别再愁眉苦脸了，我保证，今晚你就能把头偎在我怀里了。"

过了一个小时，领事来了。他把绿色阳伞夹在腋下，心浮气躁地擦了擦额头。

"你听我说,马洛尼,"他抢先开口发难,"你们这些家伙好像以为自己什么麻烦都可以惹,就指望着我来搭救。我既不是美国陆军部,也不是一座金矿。这个国家有它自己的法律,你知道的,把人家的政府军打得丢盔卸甲是违法的。你们爱尔兰人总在惹是生非。我不知道我还能做什么。如果香烟或者报纸之类的东西能让你好过点,那么——"

"以利[1]的儿子啊,"迪基严肃地插嘴说,"你一点也没变。那一回,老柯恩的驴和鹅被人弄到教堂阁楼上,肇事者想躲到你的房间里,你的说法几乎跟现在一模一样。"

"哦,天啊!"领事叫道,连忙调了调眼镜的位置,"你也是耶鲁的吗?你也在那帮家伙里面?我好像不记得有人是红——有人叫马洛尼的。有这么多大学生白白浪费了优越的条件:一个九一级的数学尖子生现在在伯利兹卖彩票;一个康奈尔大学的毕业生上个月在这儿登了岸,他给一艘拉肥料的小船当二副。我会给政府写信的,如果你希望我这么做的话,马洛尼。想要烟草和报——"

"不需要,"迪基干脆利落地截住了话头,"只想请你帮忙给'卡塔丽娜号'的船长带个话,就说迪基·马洛尼想见他,

---

[1] 以利,《圣经·撒母耳记》中提及的一位大祭司,因未曾惩罚他的两个作恶多端的儿子而遭到了上帝的谴责。

请他在方便的时候尽快过来。告诉他我在哪儿。赶快吧。就这点事儿。"

能这么轻易地脱身，领事自然十分乐意，于是连忙离开了。"卡塔丽娜号"的船长，一个敦实的西西里人，很快便出现了。这人老实不客气地推开警卫，来到了牢房门口。维苏威水果公司的人在安楚里亚的行事风格一向如此。

"我深感抱歉——深感抱歉，"船长说，"没想到发生这种事。我是来供您差遣的，马洛尼先生。您需要的，一定弄到；您吩咐的，一定办到。"

迪基神情冷峻地看着来人。他挺立在那里，高大稳健，决绝的双唇抿成了一条横线，一头扎眼的红发也未能令他的威仪稍有损减。

"德·鲁科船长，我确信，我还有笔款子存放在你们公司——额度很大的私人款项。上星期，我要求你们汇些钱过来，可钱却没汇到。你明白玩这个游戏需要些什么。钱，钱，更多的钱。为什么没给我送来？"

"是'克里斯托巴尔号'负责运送的，"德·鲁科打着手势回答道，"它在哪儿呢？我在安东尼奥岬角外面碰上它了，它断了一根烟囱，被一艘沿岸贸易船拖回新奥尔良去了。我上岸的时候，想到您兴许急着用钱，就随身带了些。这个信封里有一千美元。您还需要的话，我再去拿，马洛尼先生。"

"暂时够用了。"他搓开信封，低下头看着里面半英寸厚的光滑的、脏兮兮的钞票，口气变得和缓了不少。

"这种绿色的长纸条呀！"他轻声说，眼中换上了一种敬畏的目光，"有什么是用它买不到的吗，船长？"

"我有三个朋友，"德·鲁科回答，模样颇有些哲学气质，"他们都有钱。一个炒股赚了一千万；另一个已经上了天堂；第三个娶到了他心爱的穷姑娘。"

"照这样讲，"迪基说，"答案掌握在万能的上帝、华尔街和丘比特的手里。所以，问题将始终存在。"

"这事，"船长比划了一个意味深长的手势，把迪基周遭的环境都包含在指涉的范围里，询问道，"这事——这事不会——不会和您那家小店的生意有什么关系吧？您的计划没有败露吧？"

"没有，没有，"迪基说，"这不过就是我的一点私事导致的，在正经买卖之外的旁枝末节。人们说，一个男人得经历贫困、爱情和战争，他的生命才会完整。但这三样凑在一起可就不妙了，我的船长。没有，我的买卖并没出岔子。这家小店发展得很好。"

船长走后，迪基把狱警队长叫了过来，问道："我的事归军队管，还是归民政局管？"

"现在应该还没到按军法处置的程度，先生。"

"好。立刻去找镇长、治安官和警察局长，你自己去，或者派人去，都行。告诉他们，我已经准备好了，立刻就能满足法律的要求。"一张折起来的"绿色长条"钞票神不知鬼不觉地落进了队长的手里。

于是，笑容又回到了迪基的脸上，因为他知道，他的牢狱生涯只剩屈指可数的几小时了；应和着哨兵的脚步，他哼起了歌：

他们正在吊死男人和女人，
因为这些倒霉蛋没有美金。

就这样，当天晚上迪基就坐在了店铺楼上房间的窗前，他的小仙女则陪坐在一边，用绸缎做着些雅致的手工活儿。迪基神情严肃地考虑着什么，一头红发乱得异乎寻常。帕莎的手指常按捺不住想去抚弄它、理顺它，但迪基从不允许她这么做。今晚，他对着桌上的一大堆乱糟糟的地图、书籍和文件钻研了半天，直到那道总让帕莎担忧的纹路又出现在他的眉心。她立刻跑去把他的帽子拿来，然后站在一边等着，一直等到他抬起头，以探询的目光看着她。

"你在这里觉得不开心，"她解释道，"出去喝酒吧。等你能像过去那样笑的时候再回来。我想看到你开心的样子。"

迪基笑了起来，丢下了手里的文件。

"需要喝酒的阶段已经过去了。酒已经完成了它的使命。也许，到头来，进到我嘴里的比大伙儿以为的要少，进到我耳朵里的倒比他们以为的更多。不过，今晚不看地图，也不皱眉头啦。我答应你。过来。"

他们坐在窗前的一张草编凳子上，望着"卡塔丽娜号"的灯火映在港口附近水面上的微微荡漾的光影。

不一会儿，帕莎罕见地发出了一阵咯咯的笑声。

"我在想啊，"她在迪基询问之前，先开口作了解答，"姑娘们脑子里的念头可真蠢。就因为去美国读了大学，我就不知天高地厚了。最少也得当上总统夫人才能叫我满意。可是，你看看，我就这样被你这个红头发的坏蛋偷走了，如今前途未卜！"

"别放弃希望，"迪基笑着说，"在南美洲的国家，不止一个爱尔兰人成为了统治者。智利有一个叫奥伊金斯的独裁者。安楚里亚干吗不能有一位马洛尼总统？只要你一句话，我的小仙女，咱们就大干一场。"

"不，不，不，你这个红头发的莽撞鬼！"帕莎叹息道，"这里，"她把头靠在他的胳臂上，"我就满足了。"

Chapter 16 红与黑

种种迹象表明，在洛萨达升任总统之后，民众普遍心生不满。这种情绪日益滋长。整个共和国似乎都笼罩着一种敢怒不敢言的阴沉气氛。即使是古德温、萨瓦拉，以及其他爱国者曾支持过的老自由党也感到失望。洛萨达已经没可能成为人民的偶像了。新的捐税、新的关税层出不穷，另外，尤其过分的是，他纵容军队残暴地压迫公民，这让他成为了继卑劣的阿尔弗兰之后最神憎鬼厌的总统。在他自己的内阁中，多数成员也不认可他。为了讨好军队，他放任他们专横跋扈，于是，他们就成了他主要的、迄今为止也确实足够稳固的靠山。

然而，政府所做的最为失策的事情就是开罪了维苏威水果公司——一个手底下有十二艘轮船，现金和资产略大于安楚里亚的盈余和债务之和的机构。

一个小小的、不入流的、零售店似的共和国竟企图敲诈维苏威这种巨头，人家原本就抱持着一份顾虑，此时自然会演变为恼怒。所以，当政府代表索要补贴的时候，遭到了礼貌的拒绝。作为报复，总统当即给每串香蕉增加了一个雷亚尔的出口税——这在以水果种植为主业的国家当中是史无前例的。维苏威公司在安楚里亚沿海地带的码头和种植园投入了巨额资本，公司代理人在他们设点经营的城镇里兴建了相当不错的住宅，到目前为止，他们与共和国相处融洽，双方都有利可图。如果被迫撤出，公司将蒙受极大的损失。从韦拉克鲁斯[1]运往特立尼达[2]的香蕉售价是每串三个雷亚尔。他们本应拒付这一个雷亚尔的新税，这会让安楚里亚的果农万劫不复，也会给维苏威公司带来严重的困扰。不过，出于某种原因，维苏威公司仍继续收购安楚里亚的水果，每串香蕉花费四个雷亚尔，没让果农们吃亏。

这个明显的胜利蛊惑了总统大人，以至于他开始如饥似渴地讨要更多。他派了一位使者要求和水果公司的代表会谈。维苏威的代表是弗兰佐尼先生——一个结实的、乐天的小个子，总是很冷静，嘴上总是吹着威尔第[3]歌剧的旋律。来自财政部部长办公室的埃斯皮瑞迪昂先生，试图堆起一座沙包堤

---

1 韦拉克鲁斯，墨西哥的一座港口城市。
2 特立尼达，位于中美洲加勒比海南部的海岛。
3 威尔第，指朱塞佩·威尔第（1813—1901），意大利著名音乐家。

防,守护安楚里亚的利益。会议选在维苏威公司旗下船只"萨尔瓦多号"的船舱里进行。

谈判由埃斯皮瑞迪昂先生开启,他宣称政府计划绕着沿海冲积地带建一条铁路。在论及这样一条铁路如何符合维苏威公司的利益,并能给他们带来多少好处之后,他便直奔主题,建议公司捐赠五万比索的筑路费用,还说,这笔钱不会比将来从中获得的利益更多。

弗兰佐尼先生不认为他的公司能从一条规划中的道路上得到任何好处。他还说,作为企业代表,他必须否决这五万比索捐赠的提议。不过,他愿意承担二十五的额度。

埃斯皮瑞迪昂先生寻思着,弗兰佐尼先生的意思是不是说,他们能拿出两万五千比索呢?

根本没这意思。人家说的是二十五比索。而且是银币,不是金币。

"你的说法是在侮辱我国政府!"埃斯皮瑞迪昂先生拍案而起,咆哮道。

"那么,"弗兰佐尼先生以警告的口吻说,"我们就换一换。"

出价没有更换的余地。难道弗兰佐尼先生的意思是换掉政府?

在洛萨达在位第二年的年尾,柯拉里奥刚进入冬令季节的时候,安楚里亚的局势就是如此。所以,当政府和社交界的大队人马像往年同期一样拥入海岸的时候，总统的驾临显然已无法引发无度的欢庆。这帮来自首都的公子哥儿定于十一月十日进入柯拉里奥。有一条由索利塔斯伸向内陆的二十英里长的窄轨铁道，政府官员们乘坐马车从圣马提奥来到这条铁路的终点站，再换乘火车去索利塔斯。从这里开始，他们排成一支浩浩荡荡的队伍，向柯拉里奥行进。在他们到来的那天，这座小镇会举行名目繁多的庆典和欢迎仪式。但今年的十一月十日，黎明时分便出现了不吉之兆。

雨季已经结束，但那天却仿佛重回氤氲的六月光景。整个上午都飘着蒙蒙细雨。总统一行在一种异乎寻常的寂静中进入了柯拉里奥。

洛萨达总统是个上了年纪的男人，一把灰胡子，肉桂色的皮肤显示出相当比重的印第安血统。他的马车走在队伍的前头，由克鲁兹上尉和他那著名的一百名轻骑兵组成的"百骑队"在左右护卫。罗卡斯上校率领着一个团的正规军负责殿后。

总统用锐利雪亮的小眼睛环顾四周，期待看到欢迎他的盛大游行，但在他面前只有大批迟钝冷淡的民众。安楚里亚人先天就有观光客的基因，后天又深化了看热闹的习性，只要不缺手断脚，都出来给这一幕做见证了；但他们全都保持着一种不太友善的沉默。他们挤进大街小巷，身体甚至贴到了车辙上；红瓦屋顶也被人覆盖了，连檐儿上都坐满了，但是，在他们之中无人高呼"万岁"。家家户户的窗口和阳台上，并未按照风俗挂出棕榈和柠檬树枝编成的花环，或是一串串华丽的纸玫瑰。只有一种冷漠阴沉的、非难的气氛，因为其不明朗、不确切而显得更为不祥。谁也不害怕群众的不满情绪爆发出来，从而掀起抗争，因为他们没有领袖。从未有过一点风声，对总统以及效忠他的人透露出某个能将这种不满结晶为抵抗力量的名字。不，不可能有什么危险。人民总要先扶起一个新偶像，才会摧毁旧的那个。

在戴着红色肩带的少校、挂着金色绶带的上校和佩了肩章的将军们骑着马，不可一世地飞驰和腾跃了一阵之后，那支为了一年一度的固定节目而组建的队伍才终于沿着大街向卡萨莫雷纳行进，迎接总统驾临的仪式总是在那里举行。

瑞士军乐团走在队列的最前方。本地指挥官骑着一匹蹦蹦跳跳的马，领着手底下的一队士兵紧随其后。接着，一辆马车迎面驶来，车上载有四位内阁成员，其中最引人注目的是须发皆白、英武过人的军政大臣皮拉尔老将军。之后，总统的专车来了，财务大臣和国务大臣也坐在里头，克鲁兹上尉的轻骑兵每四人一排，绕着车身紧紧地围了两圈。其余的政府官员、法官、杰出军人、社交界的知名人物及其家眷都跟在后面。

在乐队刚一奏乐、队伍开始移动的时候，维苏威公司旗下最快的轮船"瓦尔瓦拉号"就像一只不祥的飞鸟，溜进了港湾,总统和他的跟班们都看得清清楚楚。当然了,它的抵达不可能带来任何威胁——一个商业组织不会跟一个国家开战,但它让埃斯皮瑞迪昂先生和坐在马车里的其他人想到,维苏威水果公司肯定为他们设下了某些圈套。

待到游行队伍的前排到达官邸的时候,"瓦尔瓦拉号"的克罗宁船长和维苏威公司的文森蒂先生已经上了岸,正在狭窄的人行道上,大呼小叫地、精神抖擞地、满不在乎地推着搡着从人群中挤了过来。他们穿着白麻布衣服,高大、文雅、愉快的神情中透着威严,在一大堆黑不溜丢、其貌不扬的安楚里亚人中间,模样格外显眼。两人穿梭到距离卡萨莫雷纳的台阶只有几码远的地方,在那儿能轻易地俯视人群,这时,他们在矮小的土著们中间看到了另一个鹤立鸡群的造物。是迪基·马洛尼那一头火红的短发,他站在底层台阶旁,靠着墙;展露出爽朗、迷人的笑容,表示认出了他们。

迪基穿了一套合体的黑色西服,打扮得与这种节庆场面十分相宜。帕莎侬在他身边,头上蒙着那块她几乎整日戴着的黑头纱。

文森蒂对她细细打量了一番。

"波提切利[1]画的圣母,"他严肃地评论道,"不晓得她是

---

[1] 波提切利(1445—1510),意大利文艺复兴时期的绘画巨匠,也是佛罗伦萨画派的代表画家。

什么时候给卷进来的。我不喜欢他和女人纠缠不清。我希望他远离她们。"

克罗宁船长哈哈大笑,差点引起了游行队伍的关注。

"长了那种头发的人!远离女人!还是个姓马洛尼的!他不是生来就该风流吗?但是,废话少说,你认为有多大希望?对这种刀口舔血的生意,我可是外行。"

文森蒂又朝迪基的脑袋瞥了一眼,展颜一笑。

"红与黑,"他说,"就这么两个选项。下注吧,先生。我们把钱都押在红方了。"

"看这个小伙子怎么玩吧,"克罗宁用赞许的目光瞧了瞧台阶旁那个高大、从容的身影,说道,"不过对我来说,这一切都假模假式的,像在演戏。完全是言过其实。空气中飘着一股汽油味。他们自己给自己换幕,自己演给自己看。"

他们打住了话头,因为皮拉尔将军从第一辆马车上跳了下来,站到了卡萨莫雷纳的最高一级台阶上。作为最年长的内阁成员,照惯例,应由他致欢迎辞,并且要在说完之后,把官邸的钥匙递交给总统。

皮拉尔将军是共和国最杰出的公民之一。在三场战争和无数次革命当中,他都是当之无愧的英雄,欧洲各国的宫廷和军营都将他奉为上宾。他还是一位雄辩的演说家,是人民的朋友,代表了安楚里亚的金字塔尖。

他手里攥着卡萨莫雷纳的镀金钥匙,以传统的方式开始致辞，走马观花地谈及了每一任政府，以及自从以斗争手段争取独立以来，直到近期，文明与国势的发展状况。最后，他讲到洛萨达总统的政权，到了这个时候，按例，皮拉尔将军应该歌颂政策之英明与人民之幸福，但他却停了下来。接着，他默默地将那串钥匙高高举过头顶，双眼始终紧盯着它。捆扎钥匙的缎带在微风中飘拂。

"风仍在吹，"演讲人欢欣鼓舞地喊着，"安楚里亚的公民们，今晚，让我们向过往的诸位圣贤致谢，因为我们的空气仍然是自由的。"

就这样，他略过了洛萨达政府，突然把话锋转回了安楚里亚最得人心的统治者奥里瓦拉。九年前，奥里瓦拉在如日方中、正待大展拳脚的时候，被人暗杀了。有人指控洛萨达本人领导的一支自由党派系，说是他们犯下了这桩罪行。无论是否确有其事，野心勃勃、老谋深算的洛萨达直到八年前才终于达成了目的。

话说到这个份儿上，皮拉尔将军看来要畅所欲言了。他动情地为奥里瓦拉描绘了一幅勤政爱民的肖像，提醒人民不要忘记，他们曾享受过那样一个太平、安宁、幸福的时期。他回忆了奥里瓦拉总统最后一次在柯拉里奥过冬的情景，在欢庆日那天，只要总统一出现，出于拥护和爱戴的"**万岁**"声就会如雷鸣一般响起，他将细节描述得生动可信，与眼下的一幕恰成鲜明的对比。

那一天，民众直到此刻才终于公开表露激越之情。在他们中间响起了一阵如浪花拍岸般低沉的、持续不断的呢喃。

"我赌红的赢，"文森蒂先生说，"输了，我给你十美元；赢了，你请我在圣查尔斯饭店吃顿饭。"

"我从不逆着自己的意思跟人打赌，"克罗宁船长点了一根雪茄，说道，"这老伙计一把年纪了，气还挺长。他都说了些啥？"

"我的西班牙语，"文森蒂回答，"一分钟只能说十个词，他的嘴里一分钟能蹦出两百个词。不管说的是啥，他把他们煽动起来了。"

"朋友们，兄弟们，"皮拉尔将军继续说着，"如果今天，我能将手伸向凄凉岑寂的坟墓，唤醒你们的好领袖奥里瓦拉——他来自你们，因你们的伤心而落泪，因你们的快乐而开怀——我定会将他还给你们，但是，奥里瓦拉已死——死于一个卑怯的刺客之手。"

演讲人转过身，英勇无畏地望着总统的马车。他的手臂仍旧高举着，似乎要以此托起最后的结语。总统一直在听，被这番惊世骇俗的欢迎词吓得不轻。他瘫倒在座位上，因为愤怒和震惊，不停地打着哆嗦，用一双黧黑的手掌紧抓着马车的坐垫。

他欠起身子，一只胳膊指着皮拉尔将军，厉声向克鲁兹上尉下了一道命令。那位"百骑队"的首领端坐在马背上，纹丝不动,两臂环抱胸前,仿佛根本没有听见。洛萨达再次瘫坐下来,黝黑的脸庞明显变得苍白。

"谁说奥里瓦拉死了?"演讲人蓦然叫道,人虽苍老,嗓音却犹如战场上的号角,"他的身躯躺进了坟墓,但他把精神赠予了他所深爱的人民——是的,还有——他的学识、他的勇气、他的仁慈——是的,还有——他的青春、他的形象——安楚里亚的人民啊,难道你们忘了奥里瓦拉还有一个儿子——雷蒙?"

克罗宁和文森蒂密切关注着迪基·马洛尼,只见他猛地掀开帽子,扯脱了一头红发,跳上台阶,站在了皮拉尔将军身边。军政大臣伸出胳膊,搂住了这个年轻人的肩膀。所有见过奥里瓦拉总统的人,又看到了他那狮子般的雄姿、坦率无畏的表情、高高的额头,以及卷曲的黑色发绺在额上勾出的独特线条。

皮拉尔将军是一位有经验的演说家。他抓住了暴风雨来临之前,令人窒息的片刻宁静。

"安楚里亚的公民们,"他咆哮着,举着钥匙指向卡萨莫雷纳,"在这里,我要将这些钥匙——你们家园的钥匙,你们自由的钥匙——交给你们亲选的总统。你们说,我该把它们交给暗杀恩里克·奥里瓦拉的凶手,还是交给奥里瓦拉的儿子?"

"奥里瓦拉!奥里瓦拉!"人群发出了山呼海啸的喊声。

男人、女人、孩子和鹦鹉,都在高呼这个富有魔力的名字。

热血沸腾的不仅限于平民百姓。罗卡斯上校登上台阶,把他的佩剑戏剧化地摆在年轻的雷蒙·奥里瓦拉脚边。四位内阁成员纷纷拥抱他。克鲁兹上尉发出号令,二十名"百骑队"队员飞身下马,围着卡萨莫雷纳的台阶,用自己的身体布了一道警戒线。

而雷蒙·奥里瓦拉则不失时机地证明了自己的个人天赋和政治才能。他挥手让士兵散开,接着步下台阶,走到了街上。虽然失去了一头红发,他那高贵的风范和不凡的气度却丝毫未减,他拥抱了那些底层民众——赤脚的、肮脏的,印第安人、加勒比人、婴儿、老人、青年、乞丐、教徒、士兵、罪人,一个不落。

一边,这幕戏正在演着;另一边,换幕的也都忙着各自的分内之事。

克鲁兹手下的两名骑兵拽住了洛萨达那辆马车的缰绳,其余的人密密层层地把马车围了起来,他们押走了暴君和他的两名不得人心的大臣。毫无疑问,他们的去处是早就预留好的。在柯拉里奥,有的是现成的、用铁栏杆严严实实地封起来的石头房子。

"红的赢了。"文森蒂先生又点了一根雪茄,平静地说。

克罗宁船长一直密切留意着石阶附近的动静。

"好小子!"他突然叫了一声,仿佛松了一口气,"我倒要看看,他会不会忘掉他的凯萨琳宝贝[1]。"

年轻的奥里瓦拉又一次登上台阶,对皮拉尔将军说了几句话。接着,那位杰出的老兵走了下去,来到帕莎的面前。她还站在迪基把她留下的地点,眼中透出难以置信的神色。将军手里拿着有羽饰的帽子,胸前佩着亮闪闪的勋章和奖章,跟她说了些什么,然后伸出手臂给她挽着,两人一起走上了卡萨莫雷纳的石阶。这时,雷蒙·奥里瓦拉才走过来,当着所有人的面,执起她的双手。

欢呼声又一次在四面八方响起,克罗宁船长和文森蒂先生则转身走回海岸,那里已有小船在等着他们。

"明天早晨,又有一位新总统要宣誓就任了,"文森蒂先生若有所思地说,"通常来讲,他们的位子没有民选总统那么稳当,不过,这个年轻人看上去很有一套。他一手策划、操控了这次突袭。奥里瓦拉的寡妇,你知道的,相当有钱。在丈夫遇刺以后,她就去了美国,把她儿子送去耶鲁念书。维苏威公司逮到了他,支持他加入这场对局。"

"真是了不得,"克罗宁半开玩笑地说,"这年月,你能扳倒一个政府,再扶起一个你自己选的。"

---

[1] 凯萨琳宝贝,出自十九世纪在美国民间流传甚广的民谣《凯萨琳宝贝》,在歌词中,曾被情人昵称为"凯萨琳宝贝"的女孩哀怨地质问道:"你难道已经忘怀?你难道已经忘怀?"

"哦,不过就是生意而已,"文森蒂说,他停下脚步,把雪茄烟头递给一只从菩提树上荡下来的猴子,"今天的世界是靠生意来驱动的。加在香蕉价格上的那额外的一个雷亚尔必须取消。我们选了一条最短的捷径。"

Chapter 17　两点补遗

在这出七拼八揍的喜剧落幕之前，还有三场戏没有演完。其中两场早有预告，第三场也是必不可少。

在这场热带杂耍的节目单上早已写明，你们将会知道，哥伦比亚侦探事务所的"矮子"奥戴伊为何会丢了工作。那位史密斯也应该再次出场，告诉我们，那天晚上在安楚里亚的海岸，他独自一人蹲守在沙滩上，整夜在椰子树下踟蹰，丢下那么多雪茄烟头，究竟是在侦查什么神秘的事情。这些都是预告过的；但还有一件更重要的大事亟待解决——所有被记录下来的事实（都已如实载明）依次排列好之后，一眼看去，似乎有一件事不太对劲，必须再费点口舌澄清一下。现在，我要加一个声音进来，让它把这三件事说个明白。

在纽约城的北河码头，有两个男人在一根纵桁上坐着。一艘从热带开来的轮船正把香蕉和橘子卸在码头上。时不时地,在熟过头的香蕉串里,会有一两根脱落下来,那两人中就会有一个蹒跚向前,把那水果捡回来,跟同伴分着吃。

其中一个人已经堕落到了无以复加的程度。但凡风吹、雨淋、日晒能给衣物制造的破坏,在他那身行头上都淋漓尽致地应验了。酗酒给他也带来了肉眼可见的损害。话虽如此,在那只酒糟鼻的高鼻梁上还是相当气派地架着一副闪闪发光、无可挑剔的金丝边眼镜。

另一个人在废物自弃的通道上,走得还不算太远。诚然,他正值壮年,在男性风度方面,不但已经开花,还结出了种子——这种子,也许,根本没有土壤能让它发芽。不过,在他经过的路程中,有一些十字路口尚可追溯,或许不必惊动那些熟睡的奇迹,也有可能通过它们,重新寻回有价值的途径。这人长得短小精悍,有一对呆滞的斜眼,跟鳐鱼的十分相像,还留着调酒师常留的那种胡须。我们见过这双眼睛和这把胡须;于是,我们知道,从豪华游艇上下来的那个怀揣着秘密使命、后来又神奇消失的人,那个衣着华丽的史密斯又出现了。我们认出了他,尽管他往日的那身装备已经被剥得一干二净。

吃第三根香蕉的时候,戴眼镜的男人打了个冷战,把嘴里的东西吐了出来。

"让所有的水果都见鬼去吧!"他像个贵族似的,用嫌弃的口吻说道,"我在这玩意儿的产地待过两年。这味道会像梦魇一样缠住你。橘子倒不算太糟。下回再有摔破的箱子,你看看能不能捡两只橘子回来,奥戴伊。"

"你跟那些猴子一起生活过吗?"另一个问道,阳光和多汁的水果缓解了生理上的苦楚,让他变得絮絮叨叨,"那地方,我本人也去过一次。但也就待了几个小时吧。那会儿,我还在为哥伦比亚侦探事务所办事。那些猴崽子算计了我。要不是他们,我也不会丢掉工作。我这就跟你说说,到底是怎么回事。

"有一天,事务所的头儿差人给办公室递来一张便条,上面写着:'马上派奥戴伊到这儿来,有笔大买卖。'那时,我是所里最能干的私家侦探。他们总是把大案子交给我去办。头儿递来的便条是在华尔街那边写的。

"我赶到那里之后,在一间私密的办公室里找到了头儿,他和一群六神无主的董事待在一起。他们陈述了案情。共和国保险公司的总裁带着大约十万美元现金跑路了。董事们急于把他找回来,更急于把钱找回来。他们说,这笔钱对他们很重要。他们追查到了那位老先生的行踪,当天早上,他带着女儿和一个大旅行箱——也就等于搬走了全部身家——上了一艘驶往南美的不定期航行的水果船。

"一位董事的蒸汽游艇已经备足燃料,点火发动,随时准备启航;他把它交由我全权支配。不出四个钟头,我就上了游艇,对那艘水果船奋起直追。老沃菲尔德——那是他的名字,J. 丘吉尔·沃菲尔德——会往哪里去,我已经想清楚了。那会儿,咱们国家几乎和所有别国都签有引渡条约,除了比利时和那个香蕉共和国安楚里亚。老沃菲尔德没在纽约留下一张相片——他可真是老奸巨猾——但我听人描述了他的样貌。此外,和他在一起的那位小姐无论到哪里都是他藏不住的马脚。她是社会上的风云人物——不是那种只在星期天的报纸上登些照片的人,而是会给菊花展览开幕剪彩、为军舰命名的货真价实的名流。

"唉,先生,一路上,我们始终也没见到那艘水果船。海实在太过巨大:我想,我们大概选择了不同的航线。但我们一直都朝安楚里亚前进,那船准是开往那里的。

"一天下午,四点钟左右,我们到达了那片猴子盘踞的海岸。有一艘破船泊在近海,正在装香蕉。一帮猴子摇着大驳船给它装货。那老伙计搭乘的可能是这条船,也可能不是。我上了岸,走走看看。风光着实不错。我可从没在纽约的舞台上见过这么好的布景。在岸上,我碰见了一个美国人,一个冷静的大个子,站在那群猴子中间。他向我指明去领事馆该怎么走。领事是个很好说话的年轻小伙儿。他说,那艘水果船是'卡尔赛芬号',通常去的是新奥尔良,但最近一回却把货运到了纽约。于是,我断定我要找的人就在船上,然而,所有人都告诉我,没有乘客上过岸。我认为天黑之前他们是不会上岸的,因为他们可能看到我那艘游艇停在附近,就不敢露头了。所以,我要做的就是等待,等他们上岸的时候逮住他们。其实,我没有引渡文书,不能逮捕老沃菲尔德,但我的主要任务是追回现金。只要你趁他们疲惫慌乱、神经脆弱的时候使些手段，他们通常都会招的。

"天黑后，我在海滩上的一棵椰子树下坐了一会儿，然后，在镇上四处走动查看，就这点事，花费的力气就足够抓几头狮子了。如果一个人能老老实实地待在纽约，就算是为了一百万美元，也最好别去那个猴子镇。

"一丁点大的泥巴房子；街上的野草没过了鞋子；女人们穿着低胸短袖的衣服，叼着雪茄走来走去；树蛙的聒噪简直像一辆超速行驶的消防车；大山上的碎石头零零星星地掉进后院里；大海舔掉了门脸上的油漆——不，先生——一个人宁可在上帝的国度靠人家施舍的免费午餐过活，也别去那里。

"那条主街道和海岸平行，我沿着它往下走，然后转进一条小巷，巷子里的房子都是拿竹竿和茅草建的。我就想瞧瞧，那群猴子在不爬椰子树的时候都干些什么。就在我看到的第一间棚屋里，我撞见了我要找的人。

"他们准是在我散步的时候上岸来的。一个大约五十岁的男人，脸剃得光溜溜的，眉毛很浓，穿了一身黑绒布衣服，那副样子仿佛在说：'有哪个主日学校[1]里的小男孩能回答这道题？'他紧挨着一只看上去有一打金砖那么重的箱子，还有

---

[1] 主日学校，基督教教会创立的学校。由教会选出的志愿者担任教师，在星期天或安息日教导儿童读书识字、学习圣经。

一个漂亮姑娘——人见人爱的那种美女,全身都是第五大道[1]的名牌——坐在一把木椅上。一个苍老的黑女人正在煮桌上的咖啡和豆子一类的东西。能为他们照明的,只有挂在墙上的一盏灯笼。我进了门,站住了,他们看着我,我说:

"'沃菲尔德先生,你跑不了了。我希望,为了那位小姐,你能放聪明一些。你知道我为什么要找你。'

"'你是谁?'那老先生说。

"'哥伦比亚侦探事务所的奥戴伊,'我说,'现在,先生,让我给你一个忠告。你回去吧,像个男人一样,一人做事一人当。把赃款还给人家,没准他们会对你从轻发落。乖乖地回去,我还能为你说点好话。我给你五分钟时间考虑。'我掏出怀表,等他答复。

"接着,那位年轻女士插嘴说话了。她是一个真正的大家闺秀。你看她一眼就知道了,她那身穿着,多么合身,多么时尚,第五大道简直就是为她而建的。

"'进来吧,'她说,'别站在门口,你这身装束会惊动整条巷子的住户。好吧,你究竟有何贵干?'

"'三分钟过去了,'我说,'等剩下的两分钟耗完,我再来告诉你。'

---

1 第五大道,位于纽约的一条繁华的商业街。

"'你承认自己是共和国的老总[1],对吗?'

"'是的。'他说。

"'那么,'我说,'你应该清楚。在纽约被通缉的 J. 丘吉尔·沃菲尔德,共和国保险公司总裁,我要将你逮捕归案。

"'还有那笔属公司所有,却被 J. 丘吉尔·沃菲尔德非法占有,如今装在这个手提箱里的款子,也要一并追回。'

"'哦——哦——哦!'那位年轻女士说,仿佛在思考着什么,'你要把我们带回纽约?'

"'要带走沃菲尔德先生。你没犯什么事,小姐。当然了,如果你想跟令尊一道回去,也没有人会反对。'

"那姑娘突然轻轻地尖叫了一声,搂住了那老头儿的脖子。'哦,爸爸,爸爸!'她说,嗓音动听得像女低音歌唱家,'这竟然是真的吗?你果真拿了人家的钱吗?你说啊,爸爸!'她那娇滴滴的颤音一停,你连心肝都会跟着发抖。

"在她刚搂住那老头儿的时候,他像是要发狂了,但她继续劝他,凑到他耳边说悄悄话,还拍了拍他的肩膀,他终于安静下来,不过,也出了一点汗。

"她把他拽到一边,两人谈了一会儿,然后,他戴上金丝边眼镜,走过来把箱子交给了我。

---

[1] 此处"共和国的老总"既可以理解为"共和国保险公司的总裁",也可以理解为"共和国的总统"。

"'侦探先生,'他磕磕巴巴地说,'我决定跟你走。我彻底弄明白了,在这片荒凉憋屈的海岸混日子,真是生不如死。我这就回去,亲自去请求共和国公司的宽大处理。你带了一只羊[1]来吗?'

"'羊?'我说,'我从没——'

"'船!'那位年轻女士打断了我的话,'别开玩笑了。我父亲在德国出生,英语说得不标准。你是怎么来的?'

"那姑娘耐不住了。她用一条手帕掩住脸蛋,不停地絮叨:'哦,爸爸,爸爸!'她走到我跟前,把白嫩的小手放在我那件起先叫她瞧着碍眼的衣服上面。我告诉她,我是乘坐私人游艇来的。

"'奥戴伊先生,'她说,'哦,马上带我们离开这个可怕的国家。可以吗?你会吗?说你会的。'

"'我试试看吧。'我说,尽量不被他们看出,我一心只想在他们改变主意之前,赶紧把他们带到海上去。

"有一件事,他俩都强烈反对,他们不愿意穿过镇子去码头坐船。说是怕张扬,还说既然现在要回去,他们希望这件事可以不被报纸大肆报道。他们发誓,如果我不想办法神不知鬼不觉地把他们送上游艇,他们就哪儿也不去,所以我只好顺着他们,先应承下来。

---

[1] 此处的"羊(sheep)",即绵羊,与"船(ship)"的读音相似,系老先生的口误。

"划着小艇送我上岸的那些水手在海边的一间酒吧里打台球,正随时候命,我打算叫他们把小艇向南划半英里左右,在那里的海滩接我们。怎么带话给他们倒是个问题,我不能把手提箱留在犯人手里,也不能随身带走,谁知道那群猴子会不会拦路打劫。

"小姐说,那个黑人老太太可以送张便条过去。我坐下写好,把纸条交给那女人,跟她解释该怎么做,她像只狒狒一样,咧着嘴直摇头。

"接着,沃菲尔德先生用一大通外国话给她做了一番交代,她连连点头,说了不下五十次:'是的,先生。'然后拿了纸条,急匆匆地跑了出去。

"'老奥古斯塔只懂德语,'沃菲尔德小姐冲我笑笑,说道,'我们在她家里歇歇脚,问她哪里可以住宿,她却硬要留我们喝杯咖啡。她告诉我们,她是圣多明各的一户德国人家养大的。'

"'很像这么回事,'我说,'我会说的德语,也就只有"我不懂"和"请再说一次"这两句[1]。不过,就她刚刚答话的那两个词,我敢打赌,听起来像是法语。'

"于是,我们三个在镇子外边兜了个圈子,悄无声息地溜了过去,没被人发现。我们同藤蔓、蕨类植物、香蕉树丛和热带花草纠缠了好一阵子。猴子们的郊区跟中央公园里面一

---

[1] 此句中两短句的原文为德语。

样乱七八糟。

"在半英里以外的地方,我们走了出去,到了海滩上。一个棕脸的家伙躺在椰子树下睡觉,身边放着一杆十英尺长的老式步枪。沃菲尔德先生捡起枪,把它扔进了海里。'海岸有人守卫,'他说,'叛乱和阴谋像水果一样丰产。'他指了指一动不动地睡在那里的男人。'可是,'他说,'他们就是这样执行任务的。真是乱来!'

"我看到我们的小艇正朝这边过来,就划着一根火柴,点燃了一张报纸,好叫他们看清我们的所在。不到三十分钟,我们就坐上了游艇。

"沃菲尔德先生、他的女儿和我,我们做的第一件事就是把手提箱拎到船主的舱房里,开箱点数,列了张清单。里面有十万五千元美国国库发行的钞票,还有许多钻石珠宝和两百支哈瓦那雪茄。我把雪茄还给那个老头儿,又以公司代理的身份,给剩下那一大堆东西开了一张收据,然后把它们全部锁在我的私人房间里。

"我从没有过像那次一样舒心的旅行。出海之后,那位年轻女士就成了世上最快活的人。我们第一次坐下来吃饭,侍应给她的杯子斟满香槟的时候——那位董事的游艇简直是一座起起伏伏的华尔道夫酒店 [1]——她朝我眨了眨眼,说:'干吗

---

[1] 华尔道夫酒店,位于纽约的高档酒店,建于 1893 年。

要自寻烦恼呢，便衣探员先生？我敬你，祝你健康长寿，活得比你的仇人更久[1]。'船上有台钢琴，她就坐在前面边弹边唱，你放弃两单买卖，花一大把时间，也听不着这么棒的演唱。她完完整整、清清楚楚地背下了九部歌剧。她又时髦又漂亮。她可不是那种扔进人堆就找不着的角色，她属于那类特别抢眼的出色人物。

"奇怪的是，那老头儿在上路以后也活跃起来了。这家伙常递雪茄给我抽。有一回，他一边吐着烟，一边十分开朗地对我说：'奥戴伊先生，我总认为共和国保险公司不会把我怎么样的。看好那箱子里的财物，奥戴伊先生，因为，等咱们到达目的地之后，一定得把它们物归原主。'

"在纽约登岸的时候，我跟头儿通了电话，请他到董事的办公室跟我们碰头。我们租了辆马车，去了那里。我拎着手提箱，带着大伙儿进了房间，头儿已经把之前那帮红脸膛白坎肩的老财迷们召集到了一起，见到他们正眼巴巴地看着我们走进去，我心里挺美的。我把手提箱往桌子上一放，说了句：'钱都在这儿了。'

"'你逮捕的犯人呢？'头儿说。

"我指着沃菲尔德先生，他上前一步，说道：'先生，是否能赏脸跟我单独谈几句，容我解释一下。'

---

[1] 原文意为"但愿你能活着吃掉刨你坟头的母鸡"。

"他和头儿进了另一个房间,在里面待了十分钟。他们回来时,头儿的脸色灰暗得跟刚挖过一吨煤似的。

"'你第一次看到这位绅士的时候,'他对我说,'这只手提箱是归他所有的吗?'

"'是啊。'我说。

"头儿拎起手提箱,把它交给了那个罪犯,还鞠了一躬,接着又对那群董事说:'诸位有谁认得这位绅士吗?'

"他们全都摇了摇红光满面的脑袋。

"'容我介绍一下,'他继续说道,'这位是安楚里亚共和国的总统,米拉弗洛雷斯先生。总统先生已经大度地表示,对这起荒唐的事故不予追究,只要我们能保证守口如瓶,让他免受公众舆论的滋扰。受此侮辱,却既往不咎,这在他来说,是极大的忍让,为了这件事,他本可以掀起国际纠纷的。所以,我想我们都应该心怀感激地作出承诺,一定保守秘密。'

"他们全都点了点红光满面的脑袋。

"'奥戴伊,'他对我说,'让你做一名私家侦探,真是太屈才了。在战争时期,在那种绑架国家首脑都不算违法的地方,才适合你大展拳脚。明天十一点,请到事务所去一趟。'

"我懂他的意思。

"'所以,那家伙是那群猴子的总统,'我说,'我知道了,可他干吗不早说啊?'

"你说这事怪不怪呢?"

Chapter 18 全景回放

杂耍在本质上是片段式的，是不连续的。观众并不要求圆满的结局。每一场都有每一场的看点，也就够了[1]。没有人在乎那位引吭高歌的喜剧女演员有多少段情史，只要她能在聚光灯下保持光鲜，并且唱好一两个高音就行了。即便表演马戏的狗在跳完最后一个铁环之后，立刻就被关进笼子里，观众也不会介意。如果骑脚踏车的滑稽演员在退场时一个倒栽葱撞碎了瓷器，他们绝不想看到关于伤情的告示。他们同样也不认为，买了座位票就有资格打听弹班卓琴的女郎和唱独角戏的爱尔兰人是否有私情。

---

1 典出《新约·马太福音》第 6 章第 34 节 "Sufficient unto the day is the evil there of（当天只需面对当天的问题，也就够了）"。

所以，为了安抚掏五毛钱买了个座位的地狱犬[1]，咱们就别安排情人团圆的戏码了，也别加上邪恶受挫，以及女仆和男佣调情的滑稽场面作为背景。

不过，我们的节目还要有一两段简短的收尾，之后才可以退场。看完这场表演之后，无论是谁，只要他想，总会发现一条贯穿始终的故事线索，尽管十分细微，恐怕，只有海象能看得清楚明白。

下面是一封信件的摘要，由纽约市共和国保险公司第一副总裁写给安楚里亚共和国柯拉里奥的弗兰克·古德温：

亲爱的古德温先生：

谨向您致以诚挚的敬意。

新奥尔良的豪兰与福切特公司已与我们接触，他们在纽约开出的十万美元汇票，也已转交给我们。该笔款项系敝公司前任总裁，已故的杰·丘吉尔所侵吞之公款……自其遗失之日起，您在两周之内便予以响应，并全数追回，故此，敝公司全体职员、全体董事一致委托我对您传达衷心的敬仰与感激……

……谨向您保证，此事绝不向外泄露一星半

---

[1] 地狱犬，指希腊神话中看守冥府的三头犬，作者在此处调侃了挑剔的观众。

点……沃菲尔德先生走投无路，以致自杀身亡，我们对此深表遗憾，但……恭祝您与沃菲尔德小姐婚姻幸福、百年好合……优雅端庄、高贵雍容、温柔贤淑，在最上层的都市社会，也令人欣羡……

共和国保险公司第一副总裁
卢修斯·E.阿普尔盖特谨呈

全景回放

（电影）

最后的香肠

场景————一位画家的工作室

这位画家是一个英俊的青年男子，正颓然坐在一堆废掉的素描画稿中间，用一只手托着脑袋。画室中央有一只松木箱，上面摆了一个煤油炉。

画家站起身，勒紧裤腰带，点着了煤油炉。他走到一个被屏风遮去一半的铁皮面包盒跟前，拿出还连着串绳，但只剩一根的香肠，把盒子翻了个个儿，表示里面什么也没有了，然后把香肠丢进刚刚搁在炉子上的煎锅。炉火熄灭了，说明没油了。画家显然绝望了，他突然暴怒，抓起香肠，狠狠地扔了出去。

就在这时，门开了，一个人走进来，香肠不偏不倚地击中了这人的鼻子。他似乎大叫起来，从他那副上蹿下跳的样子就能看得出。这位来客是个面色红润、精力充沛、目光敏锐的人，显然有爱尔兰血统。接下来，观众会看到，他开始狂笑不止,一脚踢翻了煤油炉,亲热地拍着画家的后背(画家竭力想握住他的手,但没握到)。之后,他打了一通手势,足够聪明的看官自会明白,这人说的是,他同科迪勒拉山脉的印第安人做买卖,用铁斧和剃刀换来金砂,赚了很大一笔钱。他从口袋里掏出一块面包大小的一卷钞票,举在头顶挥了挥,同时比划了一个拿着杯子喝酒的姿势。画家连忙抓起他的帽子,这两人一起离开了画室。

沙上的字迹

场景——尼斯海滨

　　一个年纪尚轻的美丽女子,锦衣华服,仪态端庄,心满意足地斜倚在海滩上,懒洋洋地用绸伞的伞尖随手在沙上写字。她的美貌中透着轻狂;她那慵倦的姿态,给人一种难以为继之感——你会有种预期,会觉得她就像一只不知何故突然静止的豹子,等等就会一跃而起,或者偷偷溜走,或者悄然遁去。她随手在沙上留下潦草的字迹,写来写去,就只有"伊莎贝尔"而已。
　　一个男人就坐在几码之外的地方。你能看出,他们是同伴,即便已经不再亲密。他的面孔黝黑光滑,表情几乎令人难以捉摸——但也没到莫测高深的程度。这两人少有对话。男人也用手杖在沙子上划拉着,写下的是"安楚里亚"这几个字。写罢,他抬起头,遥望海天交汇之处,看神情,似乎已经万念俱灰。

荒原与你 *

场景——热带大陆上，一位绅士的地产边界

一个印第安老人，长着一副桃花心木色的面孔，正在红树沼泽边上，为一座坟墓修草。

没过一会儿，他站起身，慢吞吞地向一片暮色渐浓的小树林走去。林边站着一个谦和有礼的高大男人，还有一个娴静明艳的女子。在印第安老人走到他们面前的时候，男人给了他一些钱。守墓人带着他那个种族所特有的、木然的骄傲神气，心安理得地接了钱，然后就离开了。

林边的那两人转过身，沿着昏暗的小径向回走，边走边向彼此靠近，越走越近——归根结底，这大千世界最美的一面，莫过于一块小小的银幕，恰好能容得下两个人在其中同行。

——幕落

* 原文为"The Widernessand Thou",典出生活于十一至十二世纪的波斯诗人欧玛尔·海亚姆的著作《鲁拜集》。

译文如下(译者据菲茨杰拉德的英译本译出):

一块面包,一瓶美酒,一卷诗章;
在树荫之下,陪伴我身旁。
还有你,倚靠着我,在荒原中歌唱;
这荒原之美,可比天堂。

你必须得走上街头，

得站在人群中，

得去和人交谈，

去切身感受生活的忙碌与脉动，

这些才是能够激发小说家灵感的东西。

You've got to get out into the streets,

into the crowds,

talk with people,

and feel the rush and throb of real life

– that's the stimulant for a story writer.

—— 欧·亨利

译后记
"在他的故事里看到了自己"

徘徊在神殿的边缘

在文学世界当中,存在着一个普遍但未必合理的现象:那些声望最高、名头最响的作家,在他的时代过去之后,很容易被遗忘。即使他的生平仍旧是不错的谈资,他的作品却不再受到重视。

文学作品的历史评价从来都与"公正"无关,而且也从来都不是恒定不变的。时间是某些作家的天使,对另外一些作家而言,则是喜新厌旧的妖魔。无论读者或是评论家,总像是一些任性的地质队队员,在勘测一个时期的文学矿藏时,偏爱发掘"遗珠",宁愿不辞劳苦,向更幽深更隐秘之处钻探,对于陈列在历史表层的精妙与壮观却往往视而不见,甚至故作不屑。

作为一代短篇小说巨匠,欧·亨利也没能成为极少数免于蒙尘的旧时珠玉。但他的情况要复杂得多,不易用三言两语概括。

事实上,自欧·亨利离世至今,已超过一百一十年,他的作品始终有庞大的读者基础,但似乎从来没有得到一个"盖棺定论"的评价。他的不少小说被中学和大学的文科专业列为必读材料,但当代作家中很少有谁将他奉为自己的文学偶像,更罕有人承认与他的承袭关系。

欧·亨利曾被誉为"美国短篇小说之父",这固然是一顶华丽的高帽子,但尊敬多于赞赏,而且还隐约暗示了文学的俄狄浦斯情结。

他的同龄人契诃夫至今仍被认为是短篇小说艺术的巅峰,甚至可能是现实主义文学的巅峰。若将两者进行对照,人们很容易产生一种荒谬的印象,似乎欧·亨利是一位古早时期的前辈,德高望重但老朽不堪,尽管他作品中的角色和背景往往现代得多、时髦得多。

"时代局限"当然是一个常见的托词。然而,一名作家真的可以"超越时代"吗?他有必要"超越时代"吗?"超越时代"算是文学的核心任务吗?

这一系列问题，我不打算在这里回答，也无法简单地以"是"或"否"作答。

事实上，以所谓"超前"称许作家及其作品，在多数情况下都显得十分轻率，它以看待日常生活的线性时空观来看待文学，遮蔽了文学经典化逻辑的吊诡之处，遮蔽了解读和评论的主观性——它们常常并不是由作品驱动，而是由解读者的目的驱动的——从而也遮蔽了直接、鲜活的阅读经验。

几乎所有作家都梦想着进入经典的序列，然而，极少数得偿所愿的佼佼者并不能充分代表其所处时代的文学面貌。文学史的叙事容易给人造成两种典型的错觉：其一是文学作为一个整体，一直在沿着某种轨迹发展前行，每个时代均有各自鲜明的文学风气；其二是文学的发展总以某种方式呼应了社会形态和生活方式的变迁。

然而事实上，文学的各种类型早已相对固化，在此基础上，出版与阅读的习性也已逐步形成，新理论、新潮流固然层出不穷，但对文学版图的冲击极小。文学史的线索也绝对谈不上清晰，如若它显得清晰，那也更多是依据事先确定的框架进行人为筛选的结果。另外，即使最乐意讨好大众的作家也很少会将"反映时代现实"作为自己的文学抱负。

在一定程度上，可以说，文学本就是对随波逐流的抵抗，它与时代的映射关系绝不体现在浅层和表象，就精神的基底而论，人的变化其实极其缓慢，也极其有限。乔纳森·弗兰岑[1]或者丹尼斯·约翰逊[2]等当代作家笔下的美国人和欧·亨利小说的主角其实并没有泾渭分明的差异，只是被选择性地呈现了不同的面相。

有关欧·亨利文学成就的争议其实从他成名开始便一直存在，而且从未有任何能够解决的迹象。这些争议或许会被搁置，但不可能被遗忘，因为它们关涉到一个更为重要、更为本质的问题。原本为阅读而生的文学自发展出专门的学科、专业的机构和人才之后，便出现了这个问题：普通读者（在经济原则下，这个词常常被置换为另一个词：市场）和专业研究者，究竟谁才是文学的主体？

大多数读者非但没有为极少数文学家加冕的权力，也没有这种意愿。文学价值的评定一直是大学教授与专业评论家的分内事。他们自认是万神殿里的大祭司，而读者则只能充当不问情由的虔诚信众。可出人意料的是，越来越多的读者不愿再承受庄严的重负，比起进殿瞻仰，更乐意在殿外徘徊观望。

---

[1] 乔纳森·弗兰岑，美国著名小说家，代表作包括长篇小说《纠正》《自由》等。
[2] 丹尼斯·约翰逊，美国著名小说家，代表作包括长篇小说《烟树》、短篇小说集《耶稣之子》等。

欧·亨利曾经被抬到了神殿的台阶上,但终于还是被摆在殿外的广场,而如今,那里也许是人流最为密集之处。换句话说,如果将目光从专家学者们的权威意见上跳开,我们很可能会发现,欧·亨利式的小说至今仍旧是文学的主流。

"消遣"背后的理念之争

对于欧·亨利的常见评价,无论褒贬,总会采取一种简单的二分法。

《剑桥美国文学史》称欧·亨利的作品"妙趣横生",叫人"眼花缭乱",但只是"雕虫小技"而已;评论界巨擘哈罗德·布鲁姆则说欧·亨利"喜剧天赋突出","笔触细腻",但算不上短篇小说"这一文体的主要创新者"。

两者其实如出一辙,只不过布鲁姆还补充道:"最重要的是,他留住了一个世纪的观众:众多读者在他的故事里看到了自己,不是更真实或更离奇,而是正像他们自己的现在和过去。"

哈罗德·布鲁姆的评价大体是公允的。而所有针对欧·亨利的贬低和轻视也并非毫无来由,对于理解其人其作,具有一定的分析价值。但毫无疑问,他对世纪之交的美国所做的全景式描绘，对不同年龄、阶层、职业、地域的数百个角色的精确刻画，体现了宏大的社会视野、丰富的人际观察和高超的写作才能，很难和"雕虫小技"画上等号。

与"小技"之说异曲同工的是，许多评论家将欧·亨利的作品定义为一种"高级消遣"，显然有意在他和"严肃文学"的"正典"之间划出一道鸿沟，但在执行这一动作的时候，又显然不够坚决。

那么，他们究竟在犹豫什么？

首先，哪怕言必称"纯文学"的宗教激进主义者也不能完全否定文学的休闲用途，何况从亚里士多德到叔本华，无数思想家均肯定了"闲暇"的价值，可以说，人类的精神成长有一大部分是在"消遣"中实现的；其次，专家们恐怕都得承认，哪怕是莎士比亚的悲剧，也颇有些"消遣"的成分。再者说，诸如查尔斯·兰姆的《伊利亚随笔》之类本就是"消遣文章"集，也早就登上了英语文学的大雅之堂。

所以，"消遣"一词本不能构成一种指控，甚至都算不上一个指责。除非，给予欧·亨利以负面评定的学者们都意识到，他恰恰在"消遣"之外具有重大的价值，很可能还对他们一贯享有特权的文学领域产生了某些显著的影响。唯有如此，这一否定才有实效可言。

的确，欧·亨利的作品很少涉及人性的复杂和伦理的困境等文学传统的重大母题,更不会用他那些篇幅短小的故事探讨终极意义。

此外,他小说中的人物形象缺乏深度,他笔下的罪犯不会像拉斯柯尔尼科夫[1]那样进行痛苦的自省,他笔下的农家姑娘也不会像苔丝[2]或艾玛·包法利[3]那样具有人生的悲剧意识(仅就这一点而言,哈罗德·布鲁姆已经为欧·亨利做了辩护。其实,一代又一代文学名著中的主人公从本质来说,大抵都是知识分子,因为他们一直在按照知识分子的想象和需要反映某种典型的精神处境;多数普通人的人生却始终懵懂而平静,虽说难免有些波澜,但终将会过去,也终将与他们自身一起被人遗忘。欧·亨利的短篇小说《钟摆》便是一个与此有关的寓言)。

这显然是他被诟病的主因,但前提是,他无法仅仅被当作一个供人"消遣"的通俗作家来对待。单从欧·亨利的作品被众多创意写作课程列为必读材料这点来看,这一前提无疑是成立的。

可问题是,这导致了一种极其荒谬的矛盾和断裂:似乎欧·亨利必须被学习,但不值得被鉴赏。或者换句话说,如

---

1 拉斯柯尔尼科夫,陀思妥耶夫斯基小说《罪与罚》的主人公。
2 苔丝,哈代小说《德伯家的苔丝》的主人公。
3 艾玛·包法利,福楼拜小说《包法利夫人》的主人公。

果将欧·亨利的小说比作一杯醇酒,那么人们所做的无异于把酒倒掉,只拿走华丽的酒杯——他们关心的是欧·亨利的方法,而不是欧·亨利的作品。

这一买椟还珠的行为固然粗暴,但也揭示了真正的核心问题:欧·亨利的方法得到了太多的关注,受到太多人效仿,而过于强调所谓"欧·亨利式的结尾"或"欧·亨利式的幽默"有让文学创作公式化的风险,或者说,有让文学陷入机械论的危机。

因此,将之贬低为"雕虫小技"似乎确实有必要,以缪斯的尊严为名,也似乎确实是一个堂皇的理由。

我无意再为欧·亨利辩护,但事实上,在文学的发展历程中产生了众多范式,它们以或隐或显的形态影响着每一代的创作者。一种范式的出现,就像是为"文学之泉"筑坝导流,非但不意味着僵化的风险,而恰恰是生命力的体现,只会使文学的流向更为灵活多样,因为,对个性与风格的追求永远是最重要的创作动机。

此外,一名艺术家最大的优点往往也是他最大的缺点,反之亦然。欧·亨利的小说也许并未推进对于人性的认识,但却给了平凡的人生以更多的共鸣——与哲人式的深邃相比,他的幽默和机智也更易收获普通读者的爱戴。至于文学艺术理应给予人的升华感,在《麦琪的礼物》的隐喻中或《警察与赞美诗》的转折中，也得到了完全的实现。

当然，他过多地借助了巧合，而非人物的合理选择来推动故事情节，这使他的不少作品在贡献了阅读快感之余，鲜能引发进一步解读的欲望。可以说，他在文学的技术性与普适性上做到了极致，在超越性方面却存在欠缺。

然而，欧·亨利一生的小说作品近三百篇，类型多样，风格多变，其中的一部分在形式上和思想上均有突破，绝不能一概论之。例如像《咖啡馆里的世界主义者》这样的讽刺作品，放在任何一位大师的小说集中都足够犀利新颖。

他的时代远未结束

对待欧·亨利这样的作家，最合适的做法绝不是离弃，而是更充分地阅读其作品。对于读者来说，真正应当避免的是在理解层面的"文学机械论"。

事实上，任何人在细读之下，都很难忽视欧·亨利在文体上的努力，他的修辞丰富，描写精当，对简洁铺陈和繁复织构都得心应手，这使他的小说往往从头至尾都散发出极强的感染力。

更重要的是，他几乎用短篇小说这种积木块般的"小体裁"搭成了像《人间喜剧》那样宏伟的文字建筑。如果说巴尔扎克创作了一系列庄严的古典油画，陈列在一间壮丽的画廊里，那么欧·亨利则以近三百幅形形色色的浮世绘展现了美国社会的方方面面。两者至少在广度上不相上下。若单论这一成就，至今也没有其他短篇小说家可与欧·亨利相比。

而他的一些天才式的发挥，也对之后许多重要的小说作家产生了显著的影响。比如只有短短几页篇幅的《带家具出租的房间》便预示了着力表现美国梦破灭的战后一代作家的风格和题材，很容易令人联想到塞林格和雷蒙德·卡佛[1]；而他唯一的长篇小说，以拉丁美洲为背景的《卷心菜与国王》则令人吃惊地成为"拉美文学爆炸"中一系列政治小说的先声（这部群像小说常被算作短篇小说集，其中一些独立性较强的篇章，例如《海军上将》，绝对是技艺高超的杰作）。

值得一提的是，欧·亨利的全部作品所呈现的最终图景，有可能并非作者有意为之，至少在他的文学生涯初期，不可能萌发这样浩大的动机。这一幕罕见的文学奇观之所以能够形成，必定和欧·亨利虽然短暂，但丰富得出奇的人生经历有关。

他在人世仅仅生活了四十八年，却从事过药剂师、会计、

---

[1] 塞林格与雷蒙德·卡佛均为以短篇小说知名的美国小说家。

牧羊人、厨师、经纪人、出版商、歌手、戏剧演员等十几种天差地别的职业，甚至还遭过几年牢狱之灾；在美国南部的乡镇、西部的平原，以及最繁华的大都市，他都曾安过家，为了避祸，他还曾逃往中美洲的洪都拉斯；他与形形色色的人有过来往，其中包括社会名流、新闻记者、流浪汉、农场主、底层雇工、各地移民、印第安人等。

这样的人生几乎不可能复现，对于欧·亨利的创作而言，自然是得天独厚的资源，加之他在几千字的空间里辗转腾挪的过人本领，使得阅读如同观赏一场人类生活的博览会，能够给读者带来极大的智识享受。

有志于文学创作的读者更需要多读、细读欧·亨利的作品，他的几本小说集题材、风格各异，但均体现了极强的叙事技巧，是天然的文学教科书。

总而言之，已经被称为"经典"的欧·亨利小说其实并未完成他的经典化进程，但这对于作者而言并非不幸，这意味着对他的阅读与争论还将继续进行下去，也意味着，在文学的天空下，欧·亨利的时代不但远未结束，很可能还在来临之中。

2022 年 6 月

欧·亨利年表

O. Henry 1862—1910

1862 年 诞生

9 月 11 日出生于美国北卡罗莱纳州的格林斯伯勒。本名为威廉·西德尼·波特。父亲是有名望的医生,母亲会写诗和绘画。

1865 年 3 岁

母亲因肺结核病去世。随父亲迁至祖母家中居住。

1867 年 5 岁

被送往姑妈开办的私立学校读书,并在姑妈的启发和鼓励下对文学萌生兴趣。

1876 年 14 岁

进入格林斯伯勒当地的高中就读。

1877 年 15 岁

因经济原因被迫辍学,之后便开始在叔叔的药房里当学徒。经常以顾客为对象创作漫画。

欧·亨利的素描作品

1881年 19岁

取得了北卡罗莱纳州药剂师执照。

1882年 20岁

在医生的建议下前往得克萨斯州拉萨尔县的一家牧场休养,之后便在牧场中住了两年,成为一名牛仔。其间做过厨师和帮工,学习了法语、德语和西班牙语。

1884年 22岁

前往得克萨斯州首府奥斯汀市,并在那里的一间药房谋得了药剂师的工作。

1886年 24岁

改行成为地产经纪人。组建了一支四重奏乐队。

奥斯汀市东南部

欧·亨利和三位四重奏乐队成员

1887 年 25 岁

1月，就任得克萨斯州土地管理局的制图员。7月，与阿索尔·埃斯蒂斯结婚。开始为杂志和报纸撰稿。

阿索尔的毕业照

1888 年 26 岁

妻子阿索尔产下一子，但仅过了数小时，婴儿便夭折了。

1889 年 27 岁

9月，女儿玛格丽特出生。

阿索尔、玛格丽特和欧·亨利

1891 年 29 岁

进入奥斯汀第一国民银行任出纳员。

欧·亨利在银行

1894 年 32 岁

买下了一家月刊杂志社,将之更名为《滚石》周刊,专门刊发幽默文章;其本人则同时身兼出版商、编辑、作者和插画师等数职。同年,因被指控挪用银行公款而被迫辞职。

1895 年 33 岁

4月,《滚石》停刊。举家迁往休斯敦,成为《休斯敦邮报》的记者和专栏作家。

1895 年的《滚石》杂志

1896年 34岁

2月，以盗用公款的罪名被起诉，并遭到拘押。获保释后逃往新奥尔良，并随后乘船前往洪都拉斯。在洪都拉斯的一间小旅馆里躲了几个月，在此期间开始创作《卷心菜与国王》。

1897年 35岁

2月，因患肺结核的妻子阿索尔病危，赶回奥斯汀，并向法院自首。7月，妻子去世。

1898年 36岁

2月，被判有罪，并处五年有期徒刑。在狱中服刑期间成为监狱里的药剂师，并开始全心投入短篇小说创作。

1899年 37岁

12月，首次以"欧·亨利"为笔名，在《麦克卢尔》杂志的圣诞专刊上发表短篇小说《口哨大王迪克的圣诞袜》。

1901年 39岁

7月，在服刑三年零三个月后，因表现良好而提前获释出狱。与女儿重聚。

1902 年 40 岁

迁居纽约,成为职业作家。逐渐获得了读者的广泛认可,但也染上了赌博和酗酒的恶习。

1903 年 41 岁

与《纽约星期日世界报》签订合同,约定每周提交一篇短篇小说。

1904 年 42 岁

唯一的长篇小说《卷心菜与国王》出版问世。

《卷心菜与国王》1904 年版封面

1906 年 44 岁

出版短篇小说集《四百万》。

1907年 45岁

与儿时恋人莎拉·林赛结婚。出版短篇小说集《剪亮的灯盏》和《西部之心》。

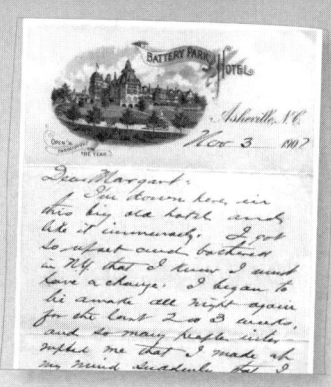

1907年，欧·亨利写给女儿玛格丽特的信。

1908年 46岁

出版短篇小说集《城市之声》和《善良的骗子》。

1909年 47岁

与莎拉·林赛离婚。出版短篇小说集《各种选择》和《命运之路》。改编自小说《麦琪的礼物》的默片《牺牲》上映。

1910年 48岁

出版短篇小说集《陀螺》和《不可变通》。因酒精中毒导致肝硬化，于6月5日逝世，后被安葬在北卡罗莱纳州阿什维尔的河滨公墓。

欧·亨利最后的照片

1911 年

短篇小说集《乱七八糟》出版问世。

1912 年

短篇小说集《滚石》出版问世。

1918 年

美国艺术科学协会设立了"欧·亨利纪念奖",奖励范围为每一年度在美国发表的优秀短篇小说。

1952 年

10 月,电影《锦绣人生》上映。该电影改编自欧·亨利的五篇小说。

《锦绣人生》电影海报

1968 年

欧·亨利受审的法院被得州大学收购,更名为欧·亨利礼堂。

更名前的欧·亨利礼堂

2012 年

9月,美国邮政局发行欧·亨利150周年诞辰纪念票。

美国邮政局发行的纪念邮票

译者简介

黎幺

青年作家、译者。
现居南方。

2020 年,凭《纸上行舟》获南方文学盛典
"年度最具潜力新人"提名。

著 作

2019 年　短篇小说集《纸上行舟》
2021 年　长篇小说《山魈考残编》

译 作

2018 年　《东西谣曲：吉卜林诗选》
2023 年　《麦琪的礼物：欧·亨利短篇小说精选》（作家榜经典名著）
2023 年　《牛仔很忙故事集：欧·亨利短篇小说精选》（作家榜经典名著）
2023 年　《卷心菜与国王：欧·亨利经典长篇小说》（作家榜经典名著）

作家榜®经典名著

读经典名著，认准作家榜

作家榜，创立于 2006 年的知名文化品牌，致力于促进全民阅读，推广全球经典，连续 13 年发布作家富豪榜系列榜单，引发各大媒体关注华语作家，努力打造"中国文化界奥斯卡"。

旗下图书品牌"作家榜经典名著"系列，精选经典中的经典，凭借好译本、优品质、高颜值的精品经典图书，成为全网常年热销的国民阅读品牌，在新一代读者中享有盛誉。

经典就读作家榜
京东官方旗舰店

经典就读作家榜
天猫官方旗舰店

经典就读作家榜
当当官方旗舰店

经典就读作家榜
拼多多旗舰店

| 策 划 | 作家榜 |
| 出 品 | |

出 品 人	吴怀尧
总 编 辑	周公度
产品经理	田　靓
美术编辑	陈　芮
全书绘图	北方画唠
封面设计	古诗铭
产品监制	陈　俊

| 版权所有 | 大星文化 |
| 官方电话 | 021-60839180 |

经典就读作家榜
抖音扫码关注我

作家榜官方微博
经典好书免费送

百态人生
尽在故事会

图书在版编目（CIP）数据

卷心菜与国王：欧·亨利经典长篇小说 /（美）欧·亨利著；黎幺译. -- 杭州：浙江文艺出版社，2023.2（2023.3重印）
（作家榜经典名著）
ISBN 978-7-5339-7080-2

Ⅰ.①卷… Ⅱ.①欧… ②黎… Ⅲ.①长篇小说—美国—近代 Ⅳ.①I712.44

中国版本图书馆CIP数据核字（2022）第251352号

责任编辑：余文军

作家榜®经典名著
读经典名著，认准作家榜

欧·亨利经典长篇小说
卷心菜与国王

[美] 欧·亨利 著　黎幺 译

全案策划
大星（上海）文化传媒有限公司

出版发行
浙江文艺出版社
杭州市体育场路347号　邮编 310006
浙江省新华书店集团有限公司 经销
浙江新华数码印务有限公司 印刷

2023年2月第1版　2023年3月第2次印刷
889毫米×1194毫米　32开本　8.875印张　14插页
印数：10001-18000　字数：178千字
书号：ISBN 978-7-5339-7080-2
定价：45.00元

版权所有　侵权必究
（如有印装质量问题影响阅读，请联系021-60839180调换）